愛情物語

赤川次郎

角川文庫
16492

プロローグ

今では、列車も窓の開かないのが多くなって、そんなこともなくなりましたけど、その頃――ちょうど十六年前になりますが、その時分には、列車の窓から外へ物を投げ捨てる不心得な乗客がいたものです。

紙くずぐらいなら別にどうってことはないし、読み終えた新聞、週刊誌なんか、時には拾ってパラパラとめくったりしたこともありました。

でも、中には空缶、空ビン、弁当の空箱なんかを捨てる人もいて、これなんか、頭にでも当ったら、大けがをすることになりますものね。よく私の母は、近くの駅の駅長さんのところへ、文句を言いに行っていました。

田舎の駅の駅長さんですから、おっとりとした、人のいい方で、母の訴えにも良く耳を傾けて下さっていたようですが、そのわりに、一向に事情が良くならない、と母はブツブツこぼしていました。

でも、母の苦情が、全部の列車の乗客に伝えられるなんて、考えても無理なことは分りますのに、頑固な母には、そんな理屈は通用しないのでした。

それにしても、列車は長い距離を走っているのですから、投げ捨てられるゴミが一箇所に集中するには、何か理由があるはずです。

それは、たぶん、私の家のほぼ真上に当る所で、線路が大きくカーブしているため、列車がスピードを落とすこと、そして、それまでは、ほぼ切れ目なく人家の明りが見えているのに、そこへ来て、木立ちが私の家をスッポリと覆い隠しているような格好になっているために、列車の中の人には——特に夜中には——そこは何もない所のように思えるのでしょう。

それにしても、周囲は小さいながらも町なのですから、何もないなんて、そんなはずはないのですが、やはり、どうせ誰が捨てたものやら分るまい、という気持で、気軽にポイとやるのでしょう。

捨てられたものは、木立ちの間に引っかかっていればいいのですが（とはいっても、後で片付けるのは、我が家の仕事でした）、うまく、くぐり抜けて来たものは、斜面の下にある、うちの庭へと飛び込んで来ることになります。

——その日は、もう夏も近い六月の末、梅雨あけの遠雷が時おり空を震わせる夜でした。

蒸し暑くて、庭へ面した戸を開け放ち、蚊を避けるために何本も蚊取線香をたいていました。

その当時、私は二十六歳。

もちろん、小さな町では、「行き遅れ」の娘でしたが、生来楽天的なのか、あまりそんなことも気にしていませんでした。それというのも、ちょうど婚期を迎えた二十歳のとき、父がポックリと亡くなってしまい、母と二人になってしまったせいだったからです。

それから六年。——女二人の暮しは、そうお金もかかりませんでしたが、父には借金が少しあって、それを返すためには、私も働きに出なくてはなりませんでした。

そんなわけで、二十六とはいえ、別に、未来を誓った人もないまま、夏を迎えようとしていたのです。

「いやな季節だね」

母にとっては夏は苦手で（太っていたせいですが）、「いやな」という形容詞が落ちることは、まずないのでした。

「縁側に出たら？　少しは涼しいわよ」

と私は言いました。

「そこまで行くのもおっくうだよ」

母は食卓はそのままに、ゴロリと横になりました。

私はこのところ、母が疲れやすくなっているのに気付いていました。まだやっと五十だというのに、老け込むには早い。でも、事実、髪には急に白いものが目立ち始めました。

私の稼ぎが良ければ、母にのんびりと余生を送ってもらうのですが、こんな小さな町では、そんな高給を取れる仕事はありません。

でも、何とかしなければ。――ともかく、この夏を乗り切ったら、何か考えよう、と私は思いました。

「今日は遅いね」

と母が寝そべったまま言いました。

いつも、夕食を終るころに、すぐ上を通る夜行列車のことです。そういえば、少し遅れているらしい。

「暑いからのびてるんじゃない、お母さんと一緒で」

と私は言いました。「ほら、来たわよ」

「ふん……」

返事のような、そうでもないような声を出して、母は眠ってしまいそうでした。

列車の響きが近づいて来ます。スピードを落とすとはいえ、音と振動はかなりのものです。食卓の皿はガタガタ鳴り出しますし、前には、壁にかかっていた父の写真の額が落ちてしまったことがあります。母が、早速翌朝駅へ出かけたことは言うまでもありません。

もうすっかり慣れてしまったとはいえ、その音や振動は、決して快いものでなかったのは当然でしょう。

ガタン、ガタンとレールが鳴り、列車が近づくのが分ります。私は目を閉じました。目をつぶっていると、その列車の車輪の音が、どこか遠くへ、自分を連れて行ってくれるような気がするからでした。

やがて列車が頭上を通って行きます。――一両、二両……。見ていなくても、数えられるほど、この音には慣れっこです。

三両、四両……。

ザザッ、と音がしました。何か落ちて来たのです。――また！

私は目を開きました。茂みを転がり落ちて来たそれは、庭の中央へと、勢いよく落ちて、はね返りました。

暗いとはいえ、室内の明りが庭を照らしています。その中へ、コトンと落ちて来たもの――。私は目を見張りました。

大きなバスケットです。ひとかかえもある、大きなものです。

これにはびっくりしました。今までにも色々なものが落ちて来ましたが、こんなに大きなものは初めてです。

でも、驚きはそれで終りませんでした。

落ちた弾みでバスケットのふたが開いて、中から、何やら毛布でくるんだものが転がり出て来たかと思うと――。

私は耳を疑いました。でも間違いない！　けたたましい赤ん坊の泣き声が、飛び出して来たのです！

私は急いで庭へ降りて、その包みへと駆け寄りました。毛布を開くと、真っ赤な顔が私を見上げていました。——いえ、泣き叫んでいるのですから、目はギュッとつぶったままですが……。

ともかく、どうしていいものやら分らず、私は、しばらくポカンとして、それを見下ろしていたようです。

やっと、このままじゃいけない、と思い付き、かかえ上げます。とはいえ、何しろ扱ったことのないものですから、おっかなびっくりで、

「お母さん！　赤ちゃんよ！——ねえ、赤ちゃんが落ちて来たのよ！」

と叫んでいました。

振り向くと、相変らず母は横になったままです。呑気《のんき》なんだから、こんなときに！

私は、泣き叫ぶ赤ん坊をかかえたまま、部屋へ飛び上りました。

「ねえ、お母さん！　起きてよ！——赤ん坊なのよ、どうしたらいいの？」

母は眠り込んでいるようでした。私は危なっかしい手つきで、片手に赤ん坊を抱くと、もう一方の手で、母を揺さぶりました。

「ねえ！　起きてよ！　お母さん！」

——突然、私は手を引っ込めました。

母は眠っていたのではない。死んでいたのです。

こんな、とんでもない夜が、生涯に二度とあるとは思われません。

それからのことはほとんど記憶になく、いつの間にか、私はただ一人の遺族として、母の遺影の傍に座っていました。ただ一人？——いえ、そばにはもう一人、あのバスケットから出て来た赤ん坊がひかえていたのです。

赤ん坊については、警察でも、落し主を——というのも変ですが——探してくれましたが、ついに発見することはできませんでした。

もちろんこれは生き物ですから、駅の拾得物の保管所へ入れるわけにもいかず、ともかく、まだせいぜい生後三か月くらいということで、ミルクもやらなくてはならないし、おしめも換えてやる。泣けばあやしてやらないわけにはいかない。——こんな具合で、いつしか、私が面倒をみるようになっていたのでした。

けれど、私が、未婚の身でこの子を育てようと決心したのは、必ずしも成り行きに流されてのことではありませんでした。

母が死んだ、そのときに、私の腕の中へ飛び込んで来た赤ん坊。——それが単なる偶然だったとは、私には、どうしても思えなかったのです。

半年たって、母の主な法要も終り、家の処分、借金の返済も、総《すべ》てかたがつくと、私は赤ん坊と共に東京へ出ました。

そこで、赤ん坊を託児所へ預けながら、働き始めたのです。

もちろん世間向きには、私は若い未亡人ということになっていました。——もともと、あまりぜいたくをする性格でもないので、少しずつお金を貯め、一間のアパートから、二間のアパート、やがて小さな借家へと移って行きました。

そうする内に月日がたち、当然、あの赤ん坊も、どんどん成長して行きました。

そして、十六年。

バスケットから生れた、あの赤ん坊は、十六歳の娘に成長しています。——まるで嘘のよう、夢のような十六年でした。

そうそう。言い忘れましたが、あのバスケットの中には赤ん坊の生れた日と名だけを書いた手紙が入っていたのです。

その名は、美帆《みほ》。

仲道《なかみち》美帆、十六歳です。

1

パ・ポワソンで終るのが、一つの賭《か》けであることは、バレエに多少とも知識のある者ならよく知っている。

パ・ポワソンは、女性が男性の体に、片足を巻きつけるようにして、男性は横になったその女性の体を、片足の腿《もも》で支える。

どちらも手を使わずに、今にも崩れそうなバランスと、はた目の優雅さからは想像もつかないような、張りつめた筋肉の力と、忍耐力を必要とするのだ。

よほど気の合った相手役を得なければ、このタイミングがピタリと合うものではない。バレリーナは、「フィッシュ・ダイヴ」──「魚の飛び込み」と呼ぶやり方で、男性の腕の下へ飛び込む。

このタイミングが少しでもずれたら、あるいは、男性の方に、力が足らなかったら──結果が無残なものになることは、誰にでも分るだろう。

──仲道治子《はるこ》は、舞台が終りに近づくにつれ、目をふさぎたくなってきた。

いや、踊りは悪くない。ともかく、美帆の踊りは、ピカ一で、際立っていた。小柄な体つきながら、スラリとして、足が長い、そのバランスが、バレエの動きにピッタリと合っていた。

治子も、美帆がうまく踊り切ることは、信じていた。問題は相手の男性である。

リハーサルでも、完全にこなせていなかった。しかし、時間もなく、代りも見付からなかった。

やるしかない。――半ば諦《あきら》めて、幸運を祈りながらの本番だった。

まず、この最後のパ・ド・ドゥは、今のところ無難にこなしている。美帆に比べると男性の技術が見劣りしているのは、隠しようもなかったが、大きなミスはなかった。

それでも、ずっとリハーサルを見て来た治子の目には、ヒヤリとする場面もいくつかあった。

ピルエット――回転――のときは、支える男性の手が、一瞬、遅れそうになったし、女性を高々と支え上げるグラン・ジュッテでは、足もとがふらついた。

大丈夫かしら？　治子は気が気でなかった。もっと、無難な終り方にしておけばよかったのに……。

オーケストラが、あおるようにテンポを速めた。美帆は、しかし、余裕さえ感じさせながら、そのテンポに楽々とついて行く。

さあ、そのまま回転して――パ・ポワソン！

やった、と思わず、治子は口に出して言ってしまいそうになった。

美帆とて、相手の力に不安を感じていたに違いないのだが、全くためらいもなく、飛び込んだ。白い足が、スラリと宙へのびて静止する。

オーケストラが、最後の和音を、長く長くのばす。——早く終ればいいのに！

カーテンが下りる。もう少し！　頑張って！

ほんの何秒かのことだが、見ている治子には、まるで数分間にも思えた。音楽が終り、カーテンは、完全に下りた。

治子は、大きく息をついた。まるで、自分が成功したような、本当に、そんな気分である。

拍手が、一斉にホールを鳴らした。カーテンが上る。

美帆が、中央に立って、スポットライトを浴びていた。進みでて、型通りの、優雅なおじぎをする。治子は力一杯、手を叩《たた》いた。

美帆は、軽く息を弾ませているだけだった。それに引きかえ、相手の男性は、すっかりくたびれている感じだ。

再びカーテンが下り、また上ると、他の出演者たちも登場している。

カーテンコールは、何度もくり返された。ひときわ拍手の音が高いのは、もちろん美帆である。

治子は、まだ拍手が続いている間に席を立った。楽屋へ行かねばならない。まだ、席を立つ者は、ほとんどいなかった。

客席から廊下に出ると、治子は、楽屋の方へ歩き出した。

「失礼します」

と、声がかかる。

足を止め、振り向くと、髪が半ば白くなった老紳士が、立っていた。

「何か……」

と治子は言った。

「仲道美帆さんのお母さんでいらっしゃいますね」

「はあ」

「私は大滝《おおたき》と申します。Mバレエ団の理事をしておりまして」

治子は、ちょっと驚いて、相手を見直した。ただ大滝と言われたときはピンと来なかったのだが、バレエ界の長老の一人として、治子も名前だけは良く知っていた。

「お嬢さんはすばらしい素質をお持ちですね」

と大滝は言った。

「恐れ入ります」

「いや、本心から感心しているんです。これから、どんどんのびて行かれる方だ」

「そうでしょうか……」

「お母さんもバレエをやっておられたんですか？」

「いえ、とんでもない」

と、治子は急いで言った。「ただ、あの子が自分から、ぜひやりたいと申しまして……」

「日本を代表するプリマにもなれる人だと思いますよ」

と大滝は肯《うなず》きながら、言った。

「そうおっしゃられては、恐縮してしまいます」

「いや、お忙しいところを、お引き止めして申し訳ありませんでした」

大滝は、ゾロゾロと客が出て来始めたので、「また改めてお話をしにうかがいたいと思います。では」

と、足早に立ち去った。

治子は、楽屋へと急いだ。花束を持ったファンが、何人か廊下に立っている。

それをかき分けて、楽屋へ。――狭い場所が、人でごった返している。

「――お母さん！」

と、美帆が声を上げた。

「ああ、ごめんね。途中でちょっと――」

と、治子が駆けつける。

「迷子になってたの？」

「まさか。年中来てるじゃない？」

「お母さんならやりかねないわ」

と、美帆は、衣裳《いしよう》を脱ぎながら、笑った。「――今日はどうだった？」

「良かったよ、とても」

「そう？――自分じゃ今一つなの」

と美帆は言った。「もっと大胆にやれば、できたはずだわ」

「でも、相手の方がね」

と治子が少し声を低くした。

「そうなのよ。でも、男性少ないから仕方ないわ」

治子は、美帆の化粧を落としてやりながら、言った。

「今、そこでMバレエ団の大滝さんに会ったよ」

「大滝？――あの大滝？」

「そうなのよ。びっくりしちゃって」

「何ですって、話？」

「ただ、会って話がしたいって。――あなたのこと、賞《ほ》めて下さってたわよ」

「そう？　じゃ、多分自信持っても良さそうね」

美帆は微笑んだ。

十六歳。——その年齢にしては、美帆には幼いところがある。顔立ちも、その笑顔も、十四、五といって通用する。

その一方で、踊っているときに見せる指先の表情などに、大人びた色っぽさを感じさせて、人をハッとさせることもあった。

その奇妙にバランスの取れていないところが、美帆の魅力でもある。

「Mバレエ団に呼んでくれるのかしら」

と、美帆は言った。

「さあどうかしら。そこまではおっしゃらなかったけど」

と治子は言った。

「そうなればいいのに……」

と、美帆は言った。

バレエとは共同作業である。「白鳥の湖」で、いくらオデットと王子が名手でも、その他の白鳥が、まるで不揃《ふぞろ》いだったら、バレエとしての効果は半減する。

逆に、巧《うま》い人たちの中でこそ、プリマの芸は「生きる」のである。

Mバレエ団は、現在、日本でも最も水準の高いところだ。美帆が入りたいと思うのも、当然だった。

「でも、そんなこと、言うんじゃないよ」

と、治子は言った。

「分ってる」

美帆は、軽くウィンクして見せた。治子は、ちょっと戸惑う。

大人の女のようなウィンクである。一瞬、ドキリとした。

「――すばらしかったわ！」

楽屋へ入って来たのは、美帆の先生である。かつてバレリーナだったとは信じられないような、肥満体だが、生徒には慕われていた。

「色々とお世話になりまして」

と、治子が挨拶《あいさつ》する。

「美帆さんの力よ。もう立派に一人前だわ」

と、加藤静子《かとうしずこ》は言った。

嬉《うれ》しくてたまらないのだろう。目を細めて美帆を見ている。――美帆の方は、鏡から目を離さなかった。

2

「何ですって？」

と、加藤静子は、思わず訊《き》き返していた。

「すみません、先生」

美帆は、軽く頭を下げた。「でも、これだけは――」

パーティは、そろそろ終る時刻だった。

もう夜中の十二時に近い。

公演の大成功を祝してのパーティだった。もちろん、中心は、主役を踊った美帆である。

ホテルの一室、というほど金がないので、近くのスナックを借りて、開いていた。もっとも、美帆は十六だから、アルコールは飲めない。

もっぱらジュースで、サンドイッチをつまんでいた。母の治子も、隅の方で、おとなしく座っている。

もう、みんな眠気がさしてきて、パーティのムードもさめつつあった。そろそろお開きになればいいのに、と治子は思っていた。

先生や、他の人たちはともかく、美帆には学校があるのだ。あまり遅くなると困ってしまう。

治子も、美帆が、加藤静子と何かしゃべっているのに気付いていたが、別に大した用事でもあるまいと思っていた。

団員の顔見知りたちが、治子に声をかけて行く。――どれも、美帆を賞める言葉である。母親として、鼻は高い。しかし、治子にも、そう喜んでばかりいられない事情があった。

「――お母さん」

美帆がやって来た。「もう帰ろう」

「そうね。先生には？」

「挨拶したわ」

「そう。じゃ、仕度しなさい。――明日は学校だものね」

治子は立ち上って、手にしていたジュースのコップを、テーブルへ戻した。

「コート、取って来てあげる」

美帆が、人の間を縫って、小走りに姿を消した。――治子は、一応挨拶を、と、加藤静子の方へ歩いて行った。

「先生、申し訳ありませんが、お先に失礼を――」

「仲道さん」

と、加藤静子は遮るように言った。

「はい」

「美帆さん、旅に出るって、本当なの？」

治子の顔に、一瞬驚きが走ったが、すぐに目を伏せて、

「美帆がそう申しましたか」

と言った。

「ちょっと長くなるかもしれないから、月末の会に出られないって。――一体どういうことなの？」

「わがままを申して、申し訳ありません」

と、治子は頭を下げた。

「それはいいのよ。でも――学校もあるんでしょう」

「はい」

「一体どこへ行くの？　訊いても言わないのよ」

「私にも分りません」

と、治子は言った。

「――お母さん」

美帆がコートを持って、やって来た。

治子は、加藤静子へもう一度挨拶して、スナックを出た。

外は、少し風が冷たい。

「タクシーを拾わなきゃ」

と、治子は言った。「広い通りまで歩く？」

「うん」

美帆は、手にした紙袋を持ち直して、歩き出した。

もらった花束や衣裳《いしょう》があるので、重くはないが、えらくかさばるのだ。

「──美帆。先生に何と言ったの？」

と治子は訊いた。

「何か言ってた？」

美帆は、ちょっといたずらっぽく笑った。

「心配してらしたわよ」

「だって、仕方ないじゃない」

美帆は、ちょっと目を伏せて、「それに、月末の会は、別に私が出ることないんだもの。先生の面子《メンツ》なのよ」

「そんなこと言って──」

と治子がたしなめる。

「本当だもの、だって」

美帆は肩をすくめた。「私を平気で、他の先生のところへ貸し出すんだもの。こっちにはお構いなし。──あれじゃいやだわ、私だって」

美帆の気持は、治子も分る。治子も、時々そんなことを考えることもあった。

「旅に出るの？」

と治子は訊いた。

「うん」

「どうしても？」

「うん」

「いつ？」

「明日にでも」

美帆の言葉には、迷いがなかった。

「止めてもむだなようね」

と治子は言った。

「だって、お母さん、一度は行かなきゃ。——これを逃したら、またいつ行けるか分らないし……」

治子は、美帆の腕を、軽く取った。

「好きにするといいわよ。母さんは止めないわ」

「ありがとう」

「でも、充分気を付けてね。それに、途中で遊んだりしないで、早く戻るのよ」

「失礼ねえ」

と、美帆が笑っている。「何だか学校をサボるために行くみたいじゃないの」

治子も一緒に笑った。

通りへ出て、タクシーを待つ。五分くらいで一台の空車が来た。

治子が、タクシーに乗ってから、言った。

「もう帰る？」

「せっかくだから、どこかで食事したい」

と、美帆は言った。「ああいうパーティって、あんまり食べるものないんだもの、お腹空いちゃったわ」

「それもそうね。――じゃ、運転手さん、どこか、近いホテルへやって下さい。遅くまで開いているような」

タクシーが走り出すと、美帆は、さすがに疲れているのか、ウトウトしている。

――旅。

やはり、行かなくては気が済まないようだ。

美帆は、あまり好きで旅に出る方ではないのだが。

ホテルへ入り、二人で食事を取る。治子が言った。

「見付けるまで、行っているつもり？」

「もちろんよ」

美帆は肯《うなず》いた。「私がここまで来たのも、あの人のおかげだもの」

「――どこを捜すの？」

「まず、あの手がかりから始めるわ」

「漠然とした話だけどね」

「それしかないもの」

と、美帆は言った。

――美帆は、落ち着いていたし、母も同じだった。

「あの人が……」

と、美帆は言った。「私の親なのかしら？」

3

バレリーナが一日練習を休むと、次の日は、踊っていて、自分だけにはその違いが分る。

二日休むと、仲間に分る。三日休むと、観客に分る、と言われている。

「それなのに、旅に出るなんて！」

加藤静子は、叩《たた》きつけるように言った。

「そう歩き回らないで、座ったら」

と言ったのは、二十四、五の青年である。

いや、印象からいえば、二十四、五の中年男である、と書きたいところだ。グレーの背広に、くたびれたネクタイ、髪が中途半端にのびて、余計に疲れたイメージを与える。

「放《ほ》っといてよ！」

と、加藤静子は言い返しておいて、結局言われるままにソファに腰をおろした。

居間は、雑然としている。――大して物が置いてあるわけではないのだが、ともかく、整然と並べるとか、バランスを考えるとかいったことが、加藤静子は苦手なのである。

バレエに関係のある品物や人形、ポスター、パンフレットの類《たぐい》などが、棚を埋めていた。

それでいて、稽古場《けいこば》では、「整然と、整然と」をくり返しているのだから面白い。

「どうして、そう苛々《いらいら》してるのさ」

と、その青年が言った。「別に、その金の卵に逃げられたってわけでもないんだろう？」

静子が、チラッと青年を見返す。その視線に気付いて、青年はちょっと笑った。

「何だそうなのか。気が気じゃないんだね、彼女を引き抜かれるんじゃないか、って」

静子は、しきりに両手の指を絡み合わせていたが、

「――ゆうべの会の後で、あの子の母親がMバレエ団の人と会ってるのを、見てた人がいるのよ」

「Mバレエ団！　名門中の名門じゃないの」

「あなたまで、いやなこと言わないでよ！」

静子は、青年をにらんだ。

「分ったよ。でも、それと、今日僕を呼んだのと、どういう関係があるの？」

青年は、まだ午前中だというのに、勝手にウイスキーを出して来て、飲んでいる。

「いい加減にお酒はやめたら」

と、静子は言った。「それで何度も失敗してるくせに、まだこりないの？」

「いいだろ、別に。僕はバレリーナじゃないんだから」

青年は、ぐいとグラスをあけた。

この青年の名は、久井《ひさい》竜也《たつや》。静子の甥《おい》に当る。

両親が亡くなってからは、静子が、いわば親代りだったが、早く夫を亡くして、子供もいない静子にとっては、厄介な荷物であった。それでも、いくつかコネで勤め先など捜してやったが、ともかく、ひねくれやすい性格で、どこに勤めても、ろくに続かない。

二十歳を過ぎてからは、酒を覚えて、毎日飲むようになった。勤め先でも、ともかく昼休みに酒を飲んで来る始末で、いい顔をされず、今は、ぶらぶらと遊んでいる身である。

静子にもらっている少々の小遣いと、その他は、何人かの女友だちに世話になっている様子だった。静子も、もう久井に関しては諦《あきら》めている。いや、面倒でいちいち気にかけていられない、というところだ。

「——あなた、どうせ暇を持て余してるんでしょ?」

と静子は言った。

「暇じゃないよ」

と久井は言った。「何もしないでいる、って、結構重労働なんだよ」

「そんなこじつけ、聞きたくないわ」

と静子が言った。「ともかく、あなたに仕事をしてほしいのよ」

「給料だけなら、もらいに行くよ」

「残念ながら、そういう仕事とは、ちょっと違うの」

「へえ。どこが?」

「美帆が本当に旅をするのかどうか、見張っていてほしいのよ」

「その〈金の卵〉?——何だ、つまり、スパイしろってわけか」

「人聞きが悪いわね。だけどまあ——そんなところよ」

静子は、自分もグラスを出して来て、水割りを作った。

「その娘《こ》——何てったっけ?」

「仲道美帆」

「美帆か。よっぽど怖いんだね、盗《と》られるのが」

「当り前でしょ！」

静子は声を大きくして言った。「あの子は私がここまでにしたのよ！　それを、これから脂がのるっていうのに、よそにさらわれちゃたまらないわ」

久井が低く声をたてて笑った。

「何がおかしいのよ？」

「だって、その子には才能があったから、うまくなったんだろ。それを叔母《おば》さん一人の手柄みたいに言うからさ」

「いやなことを言うのね、あんたって」

と、静子は苦い顔で言った。「やるの、やらないの？——いやなら誰か他に頼むわよ」

「やるよ」

と、久井は言った。「金もらえるんだろうね？」

「それ相応にね」

「ともかく、その子を見張ってりゃいいわけ？」

「そうよ。もし本当に旅をするつもりなら、ついて行って」

「可愛い子なら一緒に旅してもいいいな」

と、久井はニヤリとした。

「ちょっと！　とんでもないわよ、そんな！」

静子が顔色を変えた。「そんなことをする気なら、もう頼まないわ」

「冗談だよ。――僕はそんな子供には興味ないんだ」

久井はそう言って、静子がじっとにらんでいるので、「本当だよ」

と、付け加えた。

静子は、まだしばらくためらっていたが、

「まあいいわ」

と、渋々言った。「今さら、他の人を捜す時間もないしね」

「で、どこへ行きゃ会えるの？」

「これが住所と、それと写真よ。――いいわね、絶対に気付かれないようにしてちょうだい」

「こっちの顔なんて知りゃしないんだろ？　大丈夫だよ」

久井は、プログラムから切り取った写真を眺めていた。――そして、グラスをもう一度空にすると、立ち上った。

「あ、そうだ。差し当りの費用をもらっとかないと」

「少しは持ってるんでしょ？」

「向うは旅に出るんだよ。少々の小遣い程度じゃ、とても足らないよ」

「分ったわ」

そう言うのは分っていたらしい、静子は、封筒を引出しから出して来た。

「十万円入ってるわ」

「へえ！　豪勢だなあ」

「列車代がかかるでしょ、旅行となれば。足りそうもなかったら、連絡して」

「いいよ、分った」

「余ったら返すのよ」

久井は、玄関の方へと歩いて行きながら、

「ケチだなあ」

と、聞こえよがしに呟《つぶや》いた。

加藤静子は、甥が出て行ったあと、しばらくは何も手につかない様子で、居間をうろうろと歩いていた。

あんな出来損ないの甥が、果してどれくらい役に立つものやら、静子にも確信はなかった。——しかし、それより、ちょっと気になっていること、それは美帆の写真を、久井が、少し長く見つめていたように思えてならなかったことであった……。

美帆は、そろそろ昼になろうというころ、目が覚めた。

昨夜の帰宅が遅かったから仕方がないのだが、本当なら、そんなことを言ってはいられないのだ。しかし、今日は特別な日である。それを、母親も分っていてくれる。

それが美帆には嬉《うれ》しかった。

母娘《おやこ》二人暮しには、少々広いくらいの、小さな二階家で、美帆の部屋は二階にある。ベッドからスルリと出て、パジャマ姿のまま、大きく伸びをする。

昨夜の、力を出し切った踊りの後では、体がどことなくだるい。力が入らないのである。

美帆はカーテンを開けて、光を入れると、姿見の前で第一ポジションのスタイルで立った。

ごく当り前の、この格好で形良く立てるようになるには、ずいぶん時間がかかるのである。

こうして立っていると、少しずつ目も覚めてきて、頭がスッキリしてくるのは、不思議なくらいだった。

「――あら起きたの」

と母親が顔を出す。

「お腹空いた」

「用意できてるわよ。顔を洗っておいで」

「はい」

美帆は洗面所へと小走りに急ぐ。

——美帆は、母が好きだった。当り前のことかもしれないが、少なくとも、本当の母親でないことを、美帆は承知していた。

本当の両親は、他にいるのだということを、一体いつ、母に聞かされたものなのか、美帆にも記憶はない。

いつの間にか、知っていたという印象なのだ。それほどさり気なく、知らせてくれたのだろう。

子供心に、それがショックでも何でもなかったのは、美帆が逞《たくま》しかったというよりは、母の心遣いの細やかさ故だったに違いない。

誰の子かも分らぬ子供をここまで育ててくれた一人の女性として、美帆は母が好きでならなかった。

——ダイニングキッチンへ行くと、昼食の他に、包みが置いてある。

「お弁当よ。少しでもお金の節約になるでしょう」

と母は忙しく動き回りながら、言った。

「いいのに、そんなこと——」

「旅先じゃ、少しお金を持っていないとね」

「一人だもの、何とでもなるわ」

「娘の一人旅は危いよ。用心してね」

「分ってる。ちゃんと電話を入れるわ」

「そうしてちょうだい。気が気じゃないわ、母さん」

不安を押し隠した母の笑顔に、美帆は、ふっと胸をしめつけられるような思いを味わった。しかし、この旅は、やめることができない。

そして、今を逃しては、二度とこの旅をやり直すことはできない。

美帆はたっぷりと食べ、飲んだ。

「――仕度はできたの？」

と母が訊《き》いて来る。

「うん、上のボストンに詰めてある」

「じゃ、お母さん、ちょっと買物に出て来るからね。――間に合わないようなら、出かけていいわよ」

「はい」

美帆は、母の心遣いに感謝した。一人で出かけられるのは、やはり気が楽なものだ。

「じゃ、気を付けて行っといで」

「行って来ます」

行く人と見送る人が、逆の言葉を交わして、ここで美帆の旅は、もう本当に始まっているのである……。

4

妹尾《せのお》が、昼まで寝過すことは、めったになかった。

前夜の張り込みが応《こた》えたらしい。もう年齢《とし》だ。

妹尾を叩《たた》き起こしたのは、しつこく鳴り続ける電話のベルだった。

布団から這《は》い出すと、妹尾は、寝ぐせのついた頭をくしゃくしゃにかき回しながら、もう一方の手で受話器を取った。

「はい……妹尾」

言葉がはっきりしないのは、欠伸《あくび》をしながらしゃべっているからである。

「おやすみでしたか」

しゃくにさわるほど爽《さわ》やかな声が聞こえて来る。こんな声で、しかも馬鹿丁寧に電話をして来るのは、三枝《さえぐさ》の奴しかいない。

「ちょうど起きたところだ」

と、妹尾は負け惜しみを言った。

「お疲れのところ、すみません」

「何だ？　回りくどいのが、お前の悪いところだぞ」

と、妹尾は言わなくてもいい文句を部下の三枝に言った。

「すみません」

向うも、もう慣れっこである。何しろここ五年来の仲間だ。いちいち気にしてはいられない。

「実は、久井が旅行へ出そうなんです」

三枝の言葉に、妹尾の眠気が吹っ飛んだ。

「本当か」

「ええ。ゆうべ、ちょっとした旅行鞄《かばん》を買っています。それに、スーパーで、カミソリとかタオルとかの詰まった、旅行用のセットを買い込みましたよ」

「そうか」

妹尾は座り直した。「金の出所はどこだ?」

「はっきりしませんが、叔母《おば》のところへ、ゆうべ立ち寄っています」

「叔母?」

いささか、まだ回転の鈍い頭を、妹尾はポンと叩いた。これでエンジンがかかることもあるのだ。

「何か……踊りを教えてるんだったかな」

「バレエ団をやってるんですよ。加藤静子といって――」

「ああ、ちゃんと憶《おぼ》えてるよ」

と、妹尾は遮った。「すると、その叔母から金をせびって来たのか」

「そうだと思うんですがね。ただ……」

と、三枝は言い淀《よど》んだ。

「どうした？」

「今まで、久井は叔母の紹介で、いくつか仕事についていますが、いつも何か問題を起こして、やめているんです。だから、叔母の方もかなりこりていると思うんですがね」

「すると、金をそう簡単に貸すわけがないというわけか」

「そうです。——まず、絶対にありえないとは言えませんが」

「よし。その叔母とやらに俺が会ってみる。お前は、久井から目を離すな」

「分りました」

と言って、三枝は、急に声をひそめた。「久井が出て来ました。やっぱり旅仕度のようです。——彼をつけます」

「逃すなよ」

妹尾の言葉を、おそらく、三枝は最後まで聞かなかっただろう。電話はすぐに切れた。

妹尾は、受話器を置くと、もう一度欠伸をした。

つい、数年前なら、こんな電話を受けると一気に目が覚めて、体中に血が駆け巡ったものだが、今はだめだ。頭はともかく、体の方が目を覚ますのに、時間がかかる。

妹尾はカーテンを開けた。もう陽は充分に高い。

妹尾は、すっかり模様や色の落ちてしまったカーテンを、ちょっと侘《わび》しい思いで眺めていた。

六畳一間のアパート暮し。もう五十になろうという男には、独り暮しはこたえるのである……。

それでも、パジャマを脱いで上半身裸になり、小さな洗面台で顔を洗うと、いくらかやる気が出て来る。濡《ぬ》れた手でタオルを探ると、もう何日も取り替えていない、しめったボロきれが手に触れる。

元はタオルだったのだ。――ちょっとためらって、それから妹尾は思い切ったように、そのタオルで顔を拭《ふ》いた。

「明日は取り替えよう」

と呟《つぶや》いて、また元へ戻す。

もう一週間も前から、同じことをくり返しているのである。

布団を上げる。――シーツだって、このところ取り替えていない。非番の日は寝てしまうので、布団を陽に当てることもできなかった。

おかげでペチャンコである。

今日も、せっかくいい天気ではあるが、布団はそのまま押入れに追いやられるはめになった。これでも今日は、上げているだけましなのである。

着替えだけは、一応揃《そろ》っている。やはり、刑事という稼業上、あまり汚ないスタイルで歩くわけにいかない。

ワイシャツはクリーニングに出しているので、すぐに袖口《そでぐち》や、えりの角がこすれて傷んでしまう。そこは無理して着てしまうのだが。

さて、それからひげを当る。——これだけは、妹尾も妙にこだわりがあって、電気カミソリで手早く、とはいかない。

カミソリだけは、上等な品を使っていた。——充分に時間をかける。

顎《あご》や、鼻の下が、指先でこすっても、ざらつかなくなると、満足するのである。

——髪の手入れは、本来なら易しいはずだ。かなり薄くなってきているのだから。

しかし、薄くなった者ほど、手入れに手間をかけるのも、また事実である。

ネクタイ。二本しかない。これを交互にしめている。もう、二本ともヨレヨレである。

「行くか」

と、妹尾は呟いた。

戸締りや、ガスの元栓などは、しつこく見る。刑事の部屋から火でも出しては、面目が立たないからだ。

背広は、そろそろ古着の仲間入りをしようという時代物だが、まだ着られる、と思っている。少し太ってきた――いや、腹が出てきたので、もう今度のボーナスでは買うつもりでいた。

はきつぶした靴に足を入れる。靴べらなどなしで、すんなりと足が入った。

上衣のポケットを、上から叩いてみる。――妹尾は、部屋を出て、ドアに鍵《かぎ》をかけた。

一つの儀式みたいなものである。

こんな鍵は、ちょっと手慣れた空巣にでもかかればイチコロである。妹尾にはよく分っていたが、こんな部屋から何か盗んで行く物好きもあるまい。

妹尾は、スチールの階段をがたがたと降りて、アパートから出て行く。ちょうど隣の主婦が、ゴミを捨てに出ていて、近所の主婦と立ち話をしていた。

「あら、妹尾さん」

「おはようございます」

「ご苦労様です」

妹尾は足を速めた。――隣の主婦が、

「あの人、刑事さんなのよ」

と話しているのが、チラリと耳に入って来る。

その後の話も、あらかた見当がつく。

「奥さんが亡くなって、娘さんと二人暮しだったんだけど、その娘さんが男と駆け落ちしちゃって……」

「へえ、それじゃ、今は独りで？」

「そうなの。惨めなもんね。相手の男がヤクザ者だったんですって。それで許さなかったら、娘さんが出て行っちゃって……」

「まあ、気の毒に」

「娘さんの方も、何かと噂の多い人だったのよ」

「もう、ずいぶん前なの？」

「そうね。三年はたつんじゃないかしら」

——その話が、近所に広まっていることは、妹尾もよく知っている。

いかにも噂話らしく、細部は不正確だった。娘がいなくなったのは四年前だ。それに、相手の男は、前科持ちだったが、ヤクザではない。

妹尾としては、いやというほど見て来たタイプだった。要するに生活意欲に欠けた男だったのである。

娘と一緒になれば、娘に働かせて、自分は何だかんだと口実をつけてはブラブラ遊んでいるに違いない。それが分っているから、反対した。

即、家出である。

これには妹尾も呆《あき》れた。説得の努力とか、誠意を見せようとする試みとか、そんなことを一つもせずに、娘はアッサリと父親を見限って行ってしまった。

しかも、貯金、二百万円を持って、である。

よっぽど、全国手配してやろうかと思った。それくらい腹が立った。——しかし、何といっても娘である。

その内には、男の正体に気付いて、帰って来る、と妹尾は思っていた。

だが、もう四年たつ。

娘のいない部屋にも、やっとここ一年ほど、慣れてきた。だが、アパートを動く気はない。

いつか、娘が帰って来るかもしれない、と心の底で、考えているからである。

お腹がグーッと鳴った。

妹尾は、いつもの定食屋へと飛び込んで行った。

仲道治子は、家を出て、少し歩いてから、足を止め、振り返った。

旅に出るのは、美帆なのに、まるで治子の方が、家を二度と見られないような気がしていた。

美帆が、すぐに出て来るだろうか、と治子はしばらくそこに立って、家の方を見ていたが、車のクラクションにびっくりして、歩き出した。

いつの間にか、目の前まで車が来ていたのである。

治子は、スーパーマーケットの方へと、いつの間にか足を向けていた。ほとんど無意識である。別に欲しいものがあるわけではない。

スーパーの近くまで来て、治子は、ふと、思い付いて、喫茶店に足を入れた。

「いらっしゃいませ」

と、ウエイトレスが声をかけて来た。「お一人ですか？」

店は、ちょうどお昼というせいもあるのだろう。割合に混み合っていた。

「ええ、あの……」

「じゃ、カウンターの方で、お願いしたいんです」

治子は、チラッと窓際の席に目をやった。四人用のテーブルが一つ、空いている。一人の客に座らせたくないのだろう。

「あの——後からもう一人来るんです」

と、とっさに治子は言った。

「じゃ、あちらにどうぞ」

と、窓際のテーブルを指してくれる。

治子はホッとして、そのテーブルについた。後で何か言われるだろうか？

そのときは適当にごまかせばいい。——もっとも、治子は、そういったことの苦手なタイプである。

押しが強いとか、要領がいいとか、そんな性格なら、どんなに人生、気が楽か、と治子も思うことがある。

しかし、しょせん生れつきの性格は変えられない。——その点では、美帆の方がずっとドライだ。

年齢のせいでもあるだろうか。

治子は、オーダーを済ませると、窓から表を眺めた。

駅へ出るのなら、必ずここを通るはずだ。それを、見送ってやりたかった。

未練がましい、と美帆からは叱られそうだが、治子はこうせずにはいられない。

それは、美帆が、自分の本当の子供ではないせいかもしれない。——不安が、胸にあることは、否定できなかった。

私は美帆とうまくやっている。

今さら、本当の親が分ったところで、美帆は私のところへ帰って来るだろう。いや、帰って来るに違いない。

といって、やはり万分の一の不安が、消えないのだ。——自分が育てた子だ！　そう自分に向って言い切れる自信が、治子にはなかった。

それにしても、あれが本当の親だったとして、なぜ姿を見せ、名乗らないのだろうか？　治子には分らなかった。

美帆に、バレエを習わせ始めたのは、三歳のときである。最初は、近くのバレエ教室へ通わせていた。

きっかけは、どうということもない、ただたまたま近所の親しい奥さんにすすめられて、ほんの運動代りに、と入れてやったのである。

最初の二、三年はどうということもなかった。それが、ある日、突然に——本当に、突然という感じだったのだが——のび始め、七、八歳のころには、今のバレエ団にすすめられて入っていた。

それから先は——正に、あれよあれよという間の出来事だった。

もちろん、もともと美帆にその才能があったことは事実だろうが、それだけでは続かなかったろう。

つまり、美帆が上達するにつれ、経済的な負担も増大するからである。

本当に、一時、治子は、よほど美帆にバレエをやめさせようかと思った。治子一人の働きでは、とてもやって行けなかったのである。

ちょうどそのころである。あれが始まったのは……。

——美帆はまだ来ない。

出かける仕度は終っているようなことを言っていたが、結構時間を食っているのかもしれない。

治子は、コーヒーに口をつけた。

「失礼します」

と、男性の声があった。「よろしいですか?」

「ええ、どうぞ」

反射的に、治子は答えていた。——向い合った席に座ったその男性は、

「昨日は失礼しました」

と言った。

治子は、やっと相手の顔を見た。

「まあ……」

「大滝です」

物静かな、初老の笑みが、目の前にあった。

昨日の公演の後で、治子に声をかけて来た、Mバレエ団の理事、そして、バレエ界最大の実力者の一人である。

「失礼いたしました」

治子は、あわてて席を立とうとして、椅子をひっくり返してしまった。

「まあどうぞ落ち着いて下さい」

と、大滝は笑った。

「どうも——気付きませんで」

治子は、あわてて椅子を起こす。「どうしてこちらへ……」

「いや、お二人と話がしたくてね」

と、大滝は言った。「お嬢さんは、お宅ですか？」

「はあ……」

「お会いしたいですね。いかがです？」

「それはもう……。ただ、実は、ちょっと旅行に出るものですから」

「ほう」

と、大滝は意外そうに、「どちらへ行かれるんです？」

「それが、よく分りませんので——」

実際、美帆がどこへ行くつもりなのか、治子はよく知らないのである。

「お一人で？」

「はい」

「危くありませんか？」

「あの子は、私より、よほどしっかりしていますから」

と、治子は正直に言った。

「なるほど」

大滝はちょっと笑って、「では、まずお母さんにお話ししましょう」

と座り直した。

「はあ」

「実は、今度、私どものMバレエ団では、オーディションをやることになったのです」

「オーディション」

と、治子は、くり返して言った。

「ええ。それで、何人か、新しいメンバーを加えるわけですが……。いかがですか、お嬢さんに、受けるようすすめていただけませんかね」

「まあ、美帆に、ですか」

治子の頬が紅潮した。

「正直に言いますとね」

大滝は、自分のコーヒーが来たので、ゆっくりと一口飲んで、「——本当なら、お嬢さんに、ぜひうちへ来ていただきたいんですよ」

と言った。

ぜひ、と言ったのだ。あの、Mバレエ団の大滝が、ぜひ、と……。

「しかし、何分にも、まだお若い。直接入っていただくのは、色々と、抵抗が大きいと思うのです。ですから、オーディションを受けて入っていただく。それが一番問題がないと思うんです」

「でも――受かるでしょうか」

「絶対に大丈夫です」

と、大滝は肯《うなず》いた。

「本当に――」

「お嬢さんの力なら、悠々とパスしますから」

大滝の言葉には、力強く、それでいて、単なる社交辞令でないものがあった。

「――いかがです？」

と大滝が訊《き》く。

「はい。ぜひ受けさせたいと思います」

「お嬢さんとご相談なさってからでも、結構ですよ」

「いえ、あの子も、きっと大喜びしますわ」

「それは良かった。そううかがって、安心しました」

「で、オーディションというのは、いつになりましょうか？」

「来週の日曜日です。一週間以上はありますよ」

一週間——。美帆は帰って来るだろうか？

一瞬不安になったが、どうせ連絡は来るはずだ、そのときにこの話をしてやれば、飛んで帰って来るかもしれない。

それにしても一週間か。すぐにでも練習を始めた方がいいかもしれない。

何もこの時期に、旅へ出なくても良かったのに……。

治子は、しばらく表から目をそらしていたので、美帆が通って行ったのかどうか、分らなかった。

大滝は、Mバレエ団のことを、治子に訊かれて、色々と話をしてくれた。

話が一区切りつくと、大滝は、立ち上った。

「では、こちらへご連絡下さい」

と、大滝は、治子に名刺を渡した。

治子は、一人になって、しばらくはぼんやりと、ただ座っていた。——大滝が伝票を持って行ったことに気付いたのは、しばらくしてからだった……。

美帆はバスに乗って、ちょうどそのころに、喫茶店の前を通り抜けていた。

「もしもし、叔母《おば》さん？　僕だよ」

と、久井竜也は少し大きな声を出した。

何しろ駅のホームの赤電話である。電車が入って来ると、まるで聞こえなくなるのだ。

「どうしたの、今どこ？」

加藤静子の方も負けじと声を張り上げるので、久井は顔をしかめた。

「駅だよ。――いや、まだそんな所まで来てない。――うん、これからだね。まあ、何とかついて行くよ」

「いいこと、また電話してよ」

「分ってるよ！」

久井は電話を切って、「うるせえな、全く――」

とグチった。

電車がホームへ入って来る。――肝心の少女は、ボストンバッグを手に、至って落ち着いて見える。

少女が電車に乗り込むと、もちろん久井も一つ離れた入口から、乗った。

久井はもちろん、自分が尾行されていることには、まるで気付いていなかった。

5

「今日は休むわ。――ええ、そうよ」

と、加藤静子は物憂げな声で受話器に向って言った。「ちょっと具合が悪いの。佐々木《さ さ き》さんに代ってやってもらって。――いいわね？　ああ、それから、この前の発表会の写真、ピンボケだって写真屋に文句言っといて。――全く、あれで何千円も取るんだから。それじゃ、頼むわよ」

静子は受話器をそっと置いた。頭痛に悩まされているので、電話が鳴るのもうっとうしいのだ。

この頭痛は、ここ何年来の持病で、完全には治らない、と医者に言われている。

「薬、薬、と……」

静子は、台所へ行くと、頭痛薬を服《の》んで、水をコップ一杯、ガブ飲みした。――アルコールの方が良かったかしら、などと考えている。

静子は、居間に戻って、ソファに横になった。頭痛薬は、多少の催眠効果があるので、こうしているとウトウトしてしまう。それで頭痛もケロリと治ることが多かったのだ。

しかし、それもこのところ、あまり確実な治療法とも言えなくなってきている。――原因は至って単純。疲れている。そして、もう年齢《とし》なのだ。

認めたくはないが、体の方が、先に認めてしまっていた。夫を亡くしてから、一人でこのバレエ教室を背負ってきた。

教える立場だから楽だろうと思うのは素人考えで、いくら疲れているからといって、まさか寝そべって教えるわけにもいかない。入れ替り立ち替りやって来る生徒たちを前に、立って、歩き回り、手を叩《たた》き、支えてやり、形を直してやらなくてはならない。

それは、いかに仕事とはいえ重労働であった。加えて――教えること自体は、気分的には辛《つら》くないが――数え切れないくらいの雑用がある。それを引き受けてくれる人がいてくれれば、ずいぶん楽なのだけれど……。

あの甥《おい》の久井竜也が、もっとしっかりしてくれていたら、何よりなのだが、現実はなかなかそううまく運ばない。結局、何もかも、彼女一人が背負っているのだ。――故障が出るのも当り前だろう。

しかし――今のところ、あの甥も、何とか仲道美帆にくっついているようだ。

美帆は、静子が、何十年のバレエ教師としての年月で、初めて出会った逸材だった。静子のように、小さなバレエ教室を開いている人間にとって、一人の天才に出会うかどうかが、いわば教室の盛衰を決めてしまう。美帆は、間違いなく大きく伸びる才能だった。

名プリマの学んだ教室ということになれば、生徒は殺到する。興味のない人間には、バレエ人口がどんなに膨大なものか、想像もつくまい。知らない人間に限って、

「バレエなんて、時代遅れだよ」

などと言い出すものだが。

無数にある教室の中で、抜きん出た存在になることは、容易ではない。そのためにも、

絶対に、美帆を手放すことはできない。

それにしても、美帆が一人で旅に出たというのは、どんな理由からなのだろう？

あの美帆という娘には、不思議な陰がある。暗いのではないが、底抜けに明るくなり切れないところがあるようだ。

それは、静子の教室へ通い始めた頃から、そうだった。おとなしい少女で、控え目で目立たなかった。

といって、友だちがいないとか、気むずかしいというのではなく、誰とでも遊び、また誰からも好かれた。妙なくせがなく、いかにも子供らしい素直さを持っていたからだろう。

それでも——美帆の遊びは、はめを外すことがなかった。他の子が、つい調子に乗って、やり過ぎてしまうときでも、美帆はその前に自分でブレーキをかけることを知っていた。

父親がいないせいだろうか。

もちろん、静子は心理学者ではないから、父親のいないことが、子供の心理にどう影響するかまでは分らない。ただ、あの子は、どことなく違う、のである。

大人びている、といってもいい。しかし、それでいて夢見がちな少女の目を、持っているのだ……。

静子は、美帆のことを考えながら、浅い眠りに引き込まれていった。そして——玄関のチャイムで目を覚ました。

「誰かしら……もう、せっかく、眠りかけてたのに……」

静子は起きあがった。頭痛は消えていたが、頭が重い。半分眠っているような状態だった。

チャイムがくり返し鳴った。

インタホンで訊《き》く。セールスマンだったら、水をぶっかけてやるから！

「はい……どなた？」

「警察の者です」

という声に、静子は眉《まゆ》をひそめた……。

「――イモオさん？」

静子は刑事の名刺を見て言った。

「セノオ、と読みます」

妹尾は面白くなさそうに言った。これぐらいの年輩の人間は、たいていちゃんと読んでくれるのだが。

「何のお話ですか？」

正直、静子には見当もつかない。

「甥ごさんのことです。久井竜也さん。ご存知ですね」

何だか薄汚れた印象の刑事だった。

して」

「実は、ある事件で、久井さんに――その――つまり、若干、疑問の点があるわけなので
静子はさして驚かなかった。久井なら少々悪いことをしていても不思議ではない。

「それで?」

「今、どこにおいでか、ご存知ありませんか?」

「知りません」

と、静子は言った。

「ええと……昨夜、こちらへみえましたね、久井さんは」

「ええ、来ました」

「何の用で?――お金を貸してほしい、ということですね?」

「いいえ。私の方で用があったので、呼んだんですわ」

「そちらで? 失礼ですが、用件というのを聞かせていただけますか」

「それは……」

静子は、言葉に詰まった。この事情を一言で説明するのは不可能である。

「私の代りに、ちょっと旅に出てもらったんですの」

「ほう」

「ええ、もちろん」

静子は、それ以上訊かれない内に、自分の方から質問することにした。

「甥はどんな事件で疑われているんですの?」

「いや――まあ、はっきり、こう――容疑がかかっているというわけではないんでして。ただ、甥ごさんはいわゆる――無職で、多少風来坊という趣がありますからね」

「それはよく存じています」

と、静子は肯いた。「私も年中、仕事を世話するのですけど、続かないのです。それで、事件というのは――」

「殺人です」

妹尾の言葉に、静子は顔から血の気のひくのが分った。――いくら厄介事に巻き込まれているといっても、せいぜい詐欺とか、サラ金の借金とか、そんなものだろうと思っていたのだ。

「久井さんの付き合っていた女性が、先月殺されましてね。犯人がまだ挙がっていないんです。もちろん、その女性も、久井さん一人と付き合っていたわけではないので、久井さんも、その男友だちの一人、というわけです。ただ、当日のアリバイがはっきりしない、何人かの一人だったので、少し話もうかがいました。――逮捕には至らずに帰っていただいたんですが、一応、遠出をしたとなると、こちらとしても、行先を知っておく必要がありましてね」

静子は、妹尾という刑事の、いくらか柔らかい表現で救われたような気がした。それにしても、あの久井と来たら、そんな肝心なことを、一言も言わずに……。どうりで、喜んで頼みを聞いたはずだ。

「で、どちらの方へ、旅に出ておられるんですか？」

と、妹尾は訊いた。

「それが——私にも良く分りませんの」

静子の返事に、妹尾は初めてちょっと厳しい表情を見せた。

「詳しく説明していただきたいですね」

「はあ」

静子は、しかし、それどころではなかった。——久井がもし殺人犯だったら？

美帆を尾行するといって、どこかへ逃げてしまうかもしれない。いや、たとえ尾行を続けたとしても、美帆が無事で済むかどうか……。

大変なことをしてしまったわ。——静子は気が気ではなかった。

妹尾は、ますます不機嫌な顔で、静子を眺めていた……。

俺はいつもついてなかった。

久井は、大人たちの間に挟まれて座っている少女を、少し離れた場所から眺めていた。

名前は何といったろう？——そうそう、仲道美帆だ。なかなかいい名前だし、それにふさわしい美少女だ。

十……六だったかな。処女かな？　見たところは、正に清純無垢《むく》だが、なに、最近の女の子は分らない。見た目だけで判断すると、ひどい目にあうぞ。

こんな風に、一人で旅に出るというんだから、それだけでも、ちょっとした度胸だ。

それにしても、こんな娘一人に、叔母《おば》の加藤静子もずいぶん入れこんだもんだ。しかも、あのMバレエ団が、この娘を入団させたがっている……。

恵まれた娘だ、と久井は思った。世の中は不公平に出来てるんだ。

そうなんだ。俺のように、いつも、ついてない人間もいる。

久井は、ため息をつきながら、吊皮につかまる手を替えた。

自分が、叔母や、世間の連中の目にどう映っているか、久井はよく承知していた。しかし、自分を理解してくれている人間は一人もいない。

あの口やかましい、欲求不満の叔母は、年中ガミガミ怒鳴っている。

「いくら私が仕事を世話してやっても、すぐ辞めてしまうじゃないの！」

というわけだ。

しかし、一体どんな仕事を世話してくれたというんだ？　喫茶店の手伝いだって！——この俺に、「いらっしゃいませ」「ありがとうございました」と頭を下げさせようっていうのか？

いやなことだ。あんな所で、マンガ週刊誌を読んで時間を潰《つぶ》すしか能のない連中、一時間でも二時間でも、人の噂と悪口とでしゃべりまくる女ども。——あんな奴らに、どういう顔で頭を下げろっていうんだ？

かと思うと、小さな事務所で、退屈な伝票書き。あんなことで、人生の貴重な時間をむだにするなんて、罪悪だ。しかも、頭の空っぽな上役にヘイコラしなくてはならない。

俺の方が、ずっと人間として優れているのに、飲みたくない酒にまで付き合わされる。

腹が立って殴ってしまったのはまずかったが、人間、自尊心を守るためなら、職ぐらい棒に振ってもいいときがある。

俺はついてなかったんだ。俺に向いた仕事さえ与えられたら、誰よりもうまくやってみせるのに……。

それに——そうだ。今や、刑事にしつこくつきまとわれる始末。これほどの「ついてないこと」は、これまでなかった。

もちろん、あの殺人は、久井がやったのではなかった。久井は女にもてるが、女に恨まれるタイプではない。

どの女だって、久井に他の女がいると分っても、怒りはしない。せいぜい、自分の所へ久井を置こうと引き止める者ばかりなのである。

それが、馬鹿な警察の連中は、ただ俺が仕事についていないというだけで、疑ってかかる。全く、救い難い連中だ。

何の気なしに、ヒョイと反対側へ顔を向けた久井は、一人の男と視線が合った。

刑事だ。やれやれ。——相手は、あわてて視線をそらしたりはしなかったが、そのわざとらしい「さり気なさ」が、いかにも刑事そのものである。

この旅にまで、ずっとついて回るつもりなのだろうか？

「好きにしてくれ」

と、久井は投げやりな口調で呟《つぶや》いた。

再び、あの少女に目を戻す。——きっちりと背筋を伸ばして座っている姿は、グニャグニャした当節の女の子たちには珍しい爽《さわ》やかさを感じさせる。もちろん、バレエをやっているせいではあるだろうが。

一体どこへ行くつもりなのか知らないが、いずれにしても、好きな所へ、見張りもなしで出かけられるのだ。恵まれてるんだ、お前さんは。それにひきかえ、この俺は……。

「足ながおじさん」の話は、もちろん美帆とてよく知っている。

あの楽しい絵の入った本も読んだし、映画でもみたような気がする。もっとも、ずっと昔のことで、今はもうよく憶《おぼ》えていない。

あの物語を読んだのは、別に自分の境遇と主人公とを引きくらべてのことではなかった。ただ、本好きな美帆が、一つの「お話」として、たまたま手に取ったに過ぎないのである。

この物語に対する美帆の反応は、三通りに変った。——まず初めは、至って素直に感激した。私にも、「足ながおじさん」が現れないかな、と思って、実際、日記にもそう書いた。

少し成長した美帆は、お金持になること、即ハッピーエンドという、いかにも一昔前の発想に反発した。自分一人が幸せになればそれでいいのか、と思った。

そして——今はまた違う感想を抱いている。

それは、自分自身にも、隠れた「足ながおじさん」がいることを、母に聞かされてからのことだった。

毎月毎月、誰とも知れぬ人物から、お金が送られて来る。それがなければ、とても美帆が今日までバレエを続けることはできなかっただろう。

初めの内は、反発もあった。送り主が、おそらく、自分を捨てた親だろうと思えたから、今さら何を——という気持になったのである。しかし、美帆ももう子供ではない。

長い年月にわたって、巨額とは言えないにしても、お金を送り続けるというのは、大変なことだ、と分ってきた。お金が、人生で一番大切なのではない。でも、決して軽蔑《けいべつ》するものでもないのだと思うようになった。

──美帆にとって、その「幻の送り主」は、いつか捜し出さねばならない人になっていたのである。

会ってどうしようという気持はない。捨てたことを責めるつもりもない。人間には、「事情」というものがあるんだもの。

だが、自分がこの世に生れて来た、その源を、確かめたかったのだ。──まあ、美帆がいかにしっかり者とはいえ、若い乙女心には、ロマンチックな夢もあった。

まだ見ぬ父との出会い。──母は、治子一人で充分だった。家に「父」というものがいなかったせいで、美帆の憧《あこが》れは、専ら父親へと向けられていた。

もちろん、今さら一緒に暮してほしいとは思わなかった。たとえ、そうしたとしても、うまくはやって行けないだろう。お話と違って、「その後、いつまでも仲良く暮しました」でおしまいというわけにはいかないのだから。

その辺は美帆にもよく分っていた。

ただ、ともかく一度会ってみたかったのだ。その旅に、いつか出なくてはならなかった。

手がかりは、たった一つのカード。

それは、毎年、美帆の誕生日に届けられる花束についているカードだった。

〈お誕生日おめでとう〉

文字は印刷だ。ただ、これで分るのは、花を送っている店が、いつも同じだということである。――幻の父親をたぐり寄せる、唯一の細い糸は、その花屋の名前……。

6

「こんにちは」

美帆は恐る恐る言って、頭を店の中へ突っ込んだ。

プンと、花の香りが匂う。ゆっくりと店に入って行くと、たちまち、見えない霧にでも包まれるように、様々な花の匂いにくるまれてしまうのが分った。

ちょっとびっくりするような、立派な構えの店だった。

白い、西欧風の建物で、店の中は、ガラスばりの天窓から入る光が溢《あふ》れている。

もちろん、赤や青や、紫や白の、花、また花……。

少し奥へ入ると、二階もあるのだった。ここから、毎年、花が美帆あてに送られて来るのである。

真新しい造りなのは、改築したか、改装したのだろう。

それにしても店の人が見えない……。

立ち止ってキョロキョロと見回していると、

「あら――」

頭の上で、女性の声がした。

見上げると、二階の手すりから、ちょっと上品な感じの女性が、美帆を見ていた。

「ごめんなさい、気がつかなくて」

と、階段を下りて来る。

「いいえ」

この店の奥さんだろう。優しそうなおばさん、という印象に、美帆はちょっとホッとした。

「何をさし上げましょうか」

と、その女性は、タオルで手を拭《ふ》きながら言った。

「あの――実は、ちょっとうかがいたいことがあって」

と美帆は言った。

「何でしょう？　お花のことで？　手入れの仕方とか――」

「そういうんじゃないんです」

と美帆は言った。「あの……このお店から、毎年私の所にお花が届くんです。お誕生日に。でも――送り主が分らなくて、お礼を言えないので、ずっと気になっていて……。それであの――たまたまこの近くへ来たもんですから――」

ちょっとわざとらしいかな、と美帆は自分で照れた。

「それで、送って下さってる方がどなたなのか、調べていただけないかと思って、寄ってみたんですけど」

言い終えて、美帆はフッと息を吐いた。ここへ来る途中、何度も練習して来たのだが、いざとなるとなかなかうまくは言えないものだ。

「あら、そう……」

店の奥さんらしいその女性は、ちょっと当惑顔になった。「それはねえ……」

「教えていただけませんか」

「残念だけど……。送る方のご事情も、色々あるでしょ。普通、ちゃんと送り主の名前が分るようにして送るわ。それが、ついていないわけね」

「そうです」

「それはたぶん、送る方が、名前を明かしたくないから、つけてないんだと思うの。うちは、お客様がそうご希望なら、その通りにするしかないわ。あなたに教えてしまったら、お客様の信用を裏切ることになるでしょう」

「ええ……」

美帆はためらった。相手の言い分はよく分る。

「残念ですけどね」

と、その女性は、愛想良く、しかし、きっぱりと言った。

「あの──何とか教えていただけませんか？　決してその人にご迷惑になるようなことはしません」

「できないわね、それは」

「そうですか……」

ケチ、と美帆は心の中で舌を出した。

「参ったなあ」

と、表に出て、美帆は呟《つぶや》いた。

出だしでつまずいてしまった。こんなことになるとは思っていなかったのだ。すんなりと教えてくれるだろうと気楽に考えていた。

ここで帰ってしまったのでは、ここまでやって来たかいがない。美帆としては、そう簡単に引き退《さ》がるわけにはいかなかった。

といって、どんな方法があるだろうか……。

店を出て、ゆっくりと歩き出す。

静かな町並だった。繁華街からそう遠くないのだが、東京と違って、少し行くと、もうこんなに静かになってしまう。

中学一年生くらいの、女の子が、セーラー服姿で重そうな鞄《かばん》をさげて、すれ違った。振り向いて、目で追うと、あの花屋へ入って行く。

「ただいま！」

と、元気な声がした。

あの店の子か。——そういえば、ちらっと見ただけだが、あの奥さんに似ていたような気がする。

花屋の正面が見える場所に、小さなスナックがあった。昼間はランチサービスなどと書いてある。美帆は急にお腹が空いて来た。

そういえば、もう夕方といってもいい時間だ。

その店に入って、美帆はカレーライスを注文した。花屋の見える、窓際の席につく。どうせ他に客はいなかった。

ぬるい水を一口飲んで、さて、どうしようかと考える。——ともかく、他には手がかりと言えるようなものは一つもないのだから、何とかして伝票の住所氏名を見せてもらうしかない。

美帆は一度決心すると頑固である。泥棒に入ってでも見てやるわ、と思った。

「はい、どうぞ」

びっくりするくらい、あッという間にカレーが来た。味の方もびっくりするくらいひどかったが、ともかくお腹が空いているので、半分はペロリと食べ、後はどうしようかと迷っていた。

するると、花屋から、あの奥さんが出て来た。さっきは、エプロンか何かつけていたのだが、今は外出用の装いである。

さっきすれ違った女の子が店の表に出て来て、母親に何か声をかける。――おおかた、

「おみやげ買って来てね！」

というところか。

そうすると、あの子が店番で……。あの店の広さにしては、ちょっと頼りない感じだが、見たところとてもしっかりした子のようだった。

美帆は、ふと考え込んだ。――そうだ、今なら。

いつも、カレーを食べた後は、甘いものを食べるという規則があるのだけれど、ここは少々我慢して、席を立った。

表に出て、何かの都合で、あの母親の方が戻って来るんじゃないかと様子をうかがう。どうやら大丈夫らしい。

美帆は、花屋の入口に立って、そっと中を覗《のぞ》き込んだ。――あの女の子が、レジの机に座って何やら書いている。

偉いなあ、と感心する。美帆も、家の用事は手伝うが、仕事というものはやったことがないのだ。治子も、何もやらせなかったし、それに店をやっていたわけではないから、当然のことでもあった。

しかし、小さいのに店を手伝って、

「いらっしゃいませ」

なんてやっている子を見ると、つい感心してしまうのだ……。

美帆は、店の中へ入って行った。――店番は一向に気が付かない。

机の方へ歩いて行って、声をかけようとした美帆は、つい微笑んだ。仕事をしているのか、それとも宿題かと思いきや、店番の少女はせっせと漫画を書いていたのだ。

おかしくなると同時に、何となく安心した。

「あの……」

と声をかけると、女の子は、キャッと叫んで飛び上るほどびっくりした。

「いらっしゃいませ！」

「ごめんなさい、ちょっと――お願いがあって」

「はい！」

真面目そうな女の子である。美帆は、少々気が咎《とが》めた。

「ええと――ここからお花を送ってもらった者なんですけど、送り主の住所、失くしちゃったの。すいませんけど、教えてくれませんか」

極力、気楽に言った。この子も、母親から言い含められていたら、きっと教えてくれないだろうな……。

「はい。いつ頃ですか？」

と訊《き》かれて、美帆の方が、ちょっと面食らってしまった。

「あの――半年ぐらい前なんですけど」

「ちょっと待って下さいね」

と、その女の子は、引出しを開けて、伝票をとじた束を取り出した。「――ええと、お名前は？」

「あの――仲道美帆です。字は――」

美帆は、メモ用紙に名前を書いた。

「わあ、素敵な名前ですね」

と女の子は喜んでいる。「今、捜しますからね」

美帆は、少々後ろめたい思いで立っていた。この女の子が、後で母親に叱られるのではないか、と思って、申し訳ない気持だったのである。

女の子は指先をなめなめ、伝票をめくっていた。

「仲道、仲道……」

と呟きながら、「出て来ませんね……。仲道――あ、これは仲田《なかだ》か」

美帆は、あの母親が戻って来るんじゃないかと店の入口の方を振り向いた。外出したのなら、そんなに早く戻るわけがないが。

「あ、これでしょ！」

と、女の子が言った。「送り先、仲道美帆様。これですね」

美帆は、胸をキュッと締めつけられるような気がした。今、その人の名前が分るのだ！

美帆は、その伝票を覗き込んだ。

篠崎拓次《しのざきたくじ》。――ボールペンで書かれた名が、美帆の目に飛び込んで来る。

篠崎拓次。篠崎拓次……。

美帆はその名を何度も口の中でくり返した。こんなに長く見つめていても、すぐに忘れてしまいそうな気がした。

「ちょっと――メモ用紙、もらっていいかしら？」

「ええ、どうぞ」

美帆は、住所と名前をメモすると、折りたたんでバッグへ入れた。

「どうもありがとう」

と、礼を言って、店を足早に出る。

しかし、何だか足が重い。十メートルも歩いて、立ち止ってしまった。このまま行ってしまうのは、どうしても気が済まない。

美帆は店に戻った。今度は女の子もすぐに気が付いて、

「何ですか？」

と訊く。

「あの……謝らなくちゃならないの」

「え？」

「さっき、あなたのお母さんに、同じこと訊いて——教えられないって断られたの。あなたなら教えてもらえるかな、って思って。ごめんなさい。でも、絶対に変な目的があって訊いたんじゃないから。——それが言っておきたくて」

「いいんですよ」

と、女の子は笑って、「うちのお母さん、とってもうるさいから、そうしたことに。黙ってりゃ分らないもの」

「そうね」

美帆はホッとした。「じゃ、どうもありがとう！」

今度こそ、手を振って、美帆は花屋を飛び出した。急がなくちゃ。夜になっちゃう！

「あ、そうか」

住所だけでは、どうやって行けばいいのか、まるで分らない。どうしてこうあわてんぼなんだろう！

恥ずかしかったが、美帆はまた花屋の前へ戻ると、恐る恐る中を覗き込んだ……。

大まかな説明だけで、一軒の家を捜し出すという仕事は、東京でなくても容易ではない。あっちのタバコ屋で訊き、こっちのパン屋で教えてもらって、やっとそのアパートを捜し当てたのは、もう暗くなってからだった。

「ああ、くたびれた……」

と、美帆は、意外な思いで、そのアパートを見上げた。

いや、見上げるほどのものでもない。美帆の家だって、そうそう立派な邸宅とはいえないが、このアパートよりましであると断言することはできた。

二階建の、古びたアパート。階段の手すりは、塗りがはげて錆《さ》びているし、郵便受はほとんど蓋《ふた》が取れて、用をなさなくなっている。

二階に、〈篠崎〉の名前があった。多少消えかかっているが、間違いない。

美帆は複雑な思いだった。この人は、こんなアパートに住んで、毎月送金を続けていたのか。

送金するために、広い部屋にも移れなかったのかもしれないと思うと、胸が詰まった。

ともかく——会ってみよう。

二階へ上るのも、少々恐ろしかった。スチールの階段が、ギイギイときしむのである。ちょっと地震でも来たら、壊れてしまいそうだ。——いや、アパートそのものが、ペチャンコになるかもしれない。

やっと上って、外廊下式の、狭い通路を歩いて行く。裸電球が、侘《わび》しい光を投げかけて、その真下に、泥だらけになった三輪車がひっくり返っている。

「ここだわ……」

美帆は足を止めて、大きく息を吸っては吐き出した。

〈篠崎〉という表札は、手書きの、あまり上手とは言えない字である。

いるかしら？――いてほしいくせに、いてほしくないような、複雑な気分である。

胸が高鳴る。その鼓動のように、美帆はドアをしっかりと叩《たた》いた。

返事は――なかった。

いないのかな。美帆はもう一度叩いた。

しばらく待ったが、返事はない。

「留守か……」

ま、いいや。場所は分ったんだもの。

諦《あきら》めかけたとき、ドアの内側で、ガタッと音がした。ハッとして耳を澄ます。

何も聞こえないが、しかし、今の音は確かにこのドアの中だった。

「あの――篠崎さん」

と美帆は呼んでみた。「篠崎さん、いますか？」

返事はなかったが、ドアのそばに人のいる気配がする。

美帆は、ドアに耳を寄せていた。——ズッ、ズッ、とサンダルを引きずる音。

「篠崎さん。すみません、私——」

ヒョイとドアが開いて来て、美帆の鼻にぶつかった。

「痛っ！」

美帆があわてて飛びのく。

「あ、ごめんよ」

半ば開いたドアから、男が顔を出した。

美帆は、じっとその男を見つめた。

「あの……篠崎拓次さん——ですか」

「ああ。篠崎だけど……。君は？」

正直なところ、

「イマイチ」

というのが、美帆の感想であった。

美帆とて、父親に、長身、スマートな二枚目、ロマンスグレー（ちょっと古いかな）の紳士を期待していたわけではない。しかし、もうちょっと——その——冴《さ》えてるのを期待していたのだった。

出て来たのは、「中年」を絵に描いたような、ずんぐり型のおじさんで、背はやや低目、胴回りはやや太目、頭はやや薄目で、足は魚の目――いや、これは冗談だが、ともかく、どうにもパッとしない男性の一典型が現れたという感じであった。

おまけに、この「中年氏」は、いやにソワソワしているというか、オドオドしているというか、ともかくビクついている感じで、

「君は誰？　どこの子？」

と、低く抑えた声で訊《き》きながら、目は左右をすばやく眺め回している。

まるでデパートの万引か、電車の痴漢という雰囲気なのである。

しかし、美帆は気を取り直した。こういう平凡さこそが、現実の父親にはふさわしいのだ、と自分に言い聞かせた。何も映画スターを選ぶわけじゃないんだものね。

私はきっと母親似なんだわ、と美帆は思った。

ともかく、美帆は、それなりに感動してはいたのである。

「あの……私、仲道美帆です」

と、名乗る。

篠崎は、ハッと目を見開くと、美帆の腕をつかんで、ぐいと引き寄せた。美帆は面食らった。

涙の抱擁にしては、少し唐突で、あまりにムードがない、と思ったのである。

しかし、どうやら篠崎としては、そのつもりではなかったらしい。美帆を玄関へ引張り

込むと、ドアを閉め、鍵《かぎ》をかけた。そして、部屋の明りを消す。当然、真っ暗になってしまった。

「あの――」

と美帆は言いかけると、

「しっ！　黙って！」

と、篠崎の声がした。「じっとして！　動かないで！　息を止めて！」

冗談じゃないわ、と美帆は思った。レントゲンじゃあるまいし……。

あの、ギシギシときしむ階段を上って来る足音が聞こえた。

「じっとしててくれよ。物音をたてないで。いいかい？」

篠崎は真剣な様子だった。美帆としても、それを断る理由はなかった。

足音は一人ではなかった。廊下をドタドタとやって来ると、ドアの前で止った。

「おい、篠崎！　いるか？」

と、男のだみ声が聞こえた。

「――明りは消えてるよ」

と、もう一人、別の男が言った。

こちらは、かなりハイトーンの声である。

「まだ帰ってないのかな」

と、だみ声の方が言って、ドンドンとドアを叩いた。

このドアなんか、あんまり叩くと壊れてしまいそうである。実際、美帆は、ドアが内側へ倒れて来るんじゃないかと心配になったほどだ。

「――いないらしいな」

「よし、また後で来てみよう」

と、二人は言葉をかわし、立ち去った。

階段がギイギイときしむ。いやな音だ、と美帆は眉《まゆ》をひそめた。およそ音楽的ではない。

篠崎が、ゆっくりと息を吐き出すのが聞こえた。よほど緊張していたらしい。

「大丈夫ですか？」

と美帆が声をかけると、

「ワッ！」

と叫んで、どうやらひっくり返ったらしく、何かが落っこちる音がした。どうやら、美帆がいることを忘れていたとみえる。

ようやく明りが点《つ》いた。

目の前に立っているのは、さっき見たのと同じ、低目、太目、薄目の中年男だった。改めて見直しても、印象はあまり変らない。

篠崎は、当惑顔で美帆を眺めていた。まるで、TVの画面から、人がヒョイと抜け出して来た、とでも言いたげである。

美帆は、部屋の中を見回した。外見にふさわしく（？）、中も相当に古ぼけている。古いだけならともかく、かなり汚れようもひどい。六畳一間に、台所とトイレという必要最低限の間取り。——これでは、父親の名乗りを上げられなかったのも、無理はない、と美帆は思った。

逆に言えば、これほどひどい暮しをしながら、送金を続けてくれていたことを、感謝しなくてはならないだろう。

「君は——何だって？」

と、篠崎が言った。

「美帆です。仲道美帆」

「仲道。——ふーん。で、何の用なの？」

「あの……」

「寄付とか、署名とかならお断りだよ。それから、神の声をどうとかいうのもね。私は無神論者なんだ」

「そんなんじゃありません」

美帆は少しムッとして言った。

「じゃ何だい？　忙しいんだよ、おじさんは。用がなきゃ帰ってくれないか」

どうやら、とぼけるつもりのようだ。篠崎が、見られたくなかった自分の姿と住いを、美帆に見られてしまったことで、動揺しているのは理解できた。

知らないことにしておいてくれ、と、その小さな目は言っているように思えた。

美帆としても、無理強いはしたくない。今夜は、住いが分っただけで充分だ。

ゆっくりと時間をかけて、話をしてみたい、と思った。

「どうして、そんなにジロジロ人の顔を見るんだい？」

と、篠崎は言った。

「ごめんなさい。気を悪くした？」

「いや、別に……」

と、篠崎はもごもご言って、「どこの子なんだい？　この近所？」

「いいえ、東京です」

「東京？——ここまで何しに来たんだ？」

美帆は微笑んだ。

「あなたに会いに！　じゃ、また来ます」

ピョコンと頭を下げると、美帆は、篠崎の部屋を出た。

7

ドアを閉めると、美帆は軽く息をついた。

さて、この旅のクライマックスは過ぎたんだ。ちょっと呆気《あっけ》なかったけれど、現実は映画とは違う。これでいいんだ。

ジャーンと音楽も鳴らず、

「美帆！　お父さんを許してくれ！」

「お父さん！」

という涙を誘う場面もなかったが、それはそれで、感動的ではあっても、気が重いものだったろう。

「ま、現実はこの程度かな」

と、美帆は独り言を言いながら、階段を降りて行った。

相変らず、ギイギイ鳴る。これじゃ、神経質な人なら目を覚ましちゃいそうだわ、と思った。

アパートから少し離れて、美帆は足を止め、振り返った。――あのドアが開いて、篠崎が顔を出していた。そして、美帆と目が合うと、あわててドアを閉めてしまった。

美帆は、ふと胸が熱くなった。あんな風に素気なく追い返しても、やはり気になるのだ。そっとドアを開けて見送るなんて……。

また、明日来よう。――美帆はそう思った。そして、足を速めた。

今夜はどこかに泊らなくちゃ……。

浴室に入ると、美帆は鏡に向って、立った。

どうせ一人きりなのだ。裸のままである。バスタオルをかける棒につかまって、ゆっくりと膝《ひざ》を折る。立ち上る。もう一度膝を折る。

片足を伸ばして、ゆっくりと体を前へ倒す。――これをくり返すだけで、汗が体中から吹き出して来る。

「なまっちゃうなあ」

美帆は、息を弾ませて呟《つぶや》いた。

そのまま浴槽へ入り、シャワーを出す。熱いシャワーが、汗を洗い落として行く。

気持のいい一瞬である。

さて、のんびりと石ケンを使って、泡に埋まろうか、とお湯をためていると、電話が鳴り出した。

ベッドの方に電話があるのだが、浴室にも受信専用の電話がある。美帆は、お湯を止めて、受話器を取った。

「仲道様ですね」

と交換手の声。

「そうです」

「東京からです」

少し間があって、

「もしもし、美帆ちゃん？」

と治子の声が聞こえて来る。

「美帆ちゃんじゃありませんよ」

「何だ、いたの。——伝言聞いて、すぐかけたかったんだけど、お客が来ててね」

「今、お風呂《ふろ》なの」

「え？　風邪ひかない？　裸でいるの？」

「そりゃ、服着て入れないでしょ。でも、湯舟につかってるから大丈夫。ちょっとアメリカ映画か何かみたいで気分いいわ」

「何を言ってるの」

と、治子は笑っていた。「よく泊めてくれたわね」

「でも、部屋代、先に取られた。差別待遇だわ！」

「それぐらい我慢しなさい。それで……どうだったの？」

「うん」

美帆は、ちょっと間を置いて、「何とかなりそうだわ。明日、また捜してみる」と言った。

「そう。でも、あんまり長く学校を休んじゃだめよ」

「分ってる。心配かけてごめんね」

「珍しく殊勝なこと言って」

「あ、傷つくな、その言い方」

「それよりね、Mバレエ団の大滝さんがみえたのよ」

「私に会いに？」

「今度、オーディションがあるんですって。ぜひ受けてほしいって」

「凄《すご》い！」

美帆は受話器を握り直した。「いつなの？」

「次の日曜日。——あちらは、あなたの力なら、大丈夫だろうっておっしゃってたわ。それまでに戻れる？」

「まだ日があるじゃないの。もちろん戻るわ」

「じゃ、そうご返事しておくから。——課題は、〈白鳥〉ですって。自由は何にする？」

「うーん、考えとく。今でなくてもいいんでしょ？」

「でも二、三日の間には連絡してくれって」

「明日、電話するわ」

「いいわ。待ってる。明日もそこに泊るつもり？」

「たぶん、ね。パパを連れて帰るかもよ」

「おどかさないで」

と、治子は笑いながら言った。「――ね、美帆」

「なあに？」

「もし、そのときになっても、何もかも訊《き》こうとしないのよ。よく考えてね」

「うん」

「その人には、家族があるかもしれないわ。そこへあなたが、娘です、って名乗って行ったら、大変なことになるでしょう。――分るわね」

「分ってるってば。心配しないで。分れば、それでいいの」

「ともかく、何かする前に、お母さんに相談しなさい。いいわね？」

「そうする」

「じゃ、気を付けて」

「はい。おやすみなさい」

「美帆、レッスンはした？」

「ちゃんとやってるわ。大丈夫」

――電話を終えると、美帆は、浴槽にお湯を足した。

どうして言わなかったんだろう？　見付けたのよ、会って来たのよ、と、なぜ言わなかったのか……。

その理由は、美帆にもよく分らなかった。何となく、電話なんかで、簡単に言ってしまってはいけないような、そんな気がしたのだ……。

「ともかく、明日、会ってからだわ」

と、美帆は口に出して言った。

それよりも、Mバレエ団！　オーディションか。必ず、通ってみせる。

自由曲は何にしようか？　派手なものの方が目立つけれど、本当に難しいのは、ゆっくりしたテンポの曲だ。

そうだな、〈タイスの瞑想曲《めいそう》〉か何か……。それを、白のタイツで踊る……。

シンプルに、清潔に、でもごまかしはきかない！

できるかしら？――やればできる。きっとできる。

美帆は、ああでもないこうでもない、と考えている内に、すっかりのぼせてしまった。

「——水割り」

と、久井は言った。

ホテルのバーである。部屋へつけておけば、叔母《おば》の払いだ。

もっとも、あれはケチだからな。その分、後で請求されるかもしれない。

「そうか」

電話を入れておくか。ともかくスポンサーだ。一応、ご機嫌をうかがっておかなくちゃ
……。

バーを出て、公衆電話で、叔母の家へかける。

「やあ、叔母さん？　僕だよ。——うん、今——何だって？」

久井は訊き返した。「帰って来い、ってどうしてさ？　せっかくここまで——」

久井は言葉を切った。後ろに立っている男に気付いたのである。

妹尾刑事が、ニヤニヤ笑いながら、久井を見ていた。久井は、叔母へ、

「後でかけ直すよ」

と言っておいて、受話器を置いた。

「珍しい所で会うじゃないか」

と、妹尾は言った。

「とぼけないで下さいよ。どうせ尾《つ》けて来たくせに」

と久井は渋い顔で言った。

「一杯やるか、俺もここに部屋を取ったんだよ」

「まさか同じ部屋じゃないでしょうね」

「そういう趣味はないぜ」

と妹尾は言った。

二人は、バーへ入った。妹尾も水割りを注文した。

「――叔母に何を言ったんですか」

と、久井は言った。

「何も。事実だけを、さ」

「僕があの子を殺した、とでも？――僕にはアリバイがあるんだ。それを信じないのは勝手ですが、こんな風につけ回されちゃかなわない」

久井がグラスを傾ける。妹尾は突っぱねるように、

「君がどう思っても、知ったことじゃないさ。俺は俺のやり方で行く」

と言った。

「じゃ、勝手にどうぞ」

久井は肩をすくめて、「僕は逃げやしません。別に後ろめたいことはしてないんだから」

妹尾は、じっと冷ややかな目で、久井を見た。――こういう男が、娘を俺の手から奪っ

て行ったのだ。

ろくに働きもせず、寄生虫のように生きている。生きている価値のない奴らだ。

「いくらでもにらんで下さい」

と、久井は言った。「そういう目で見られるのは慣れてます」

妹尾は、ちょっと口調を変えた。

「君が追い回してる女の子、ありゃ何だ？」

「未来のプリマですよ」

「何をやってるんだ、花屋に出たり入ったりしたかと思うと、ボロアパートへ行き、今度はホテルに一人で泊る」

「僕だって、叔母に頼まれて見張ってるだけですからね」

「見張りの方が危いんじゃないのか」

と、妹尾が皮肉っぽく笑った。

「叔母があわててますよ、帰って来い、ってね」

「断っとくが、俺は何も言わんぞ」

「せっかくのバイトの口を奪うような真似はやめてほしいですね」

「女の子をつけ回すバイトか。君にはピッタリだな」

久井の顔が、少しこわばった。

「どういう意味だ」

「——おや、気に障ったのか？　女に食わせてもらってる奴にも、プライドなんてものが残っていたとはな」

久井の、グラスを持つ手が震えた、妹尾が、挑発するように、ニヤリと笑った。

しかし、久井は、ゆっくりとグラスをテーブルに置いた。

「あんたの顔を見てると、酒がまずくなりますよ」

「お互い様だろう」

「失礼。もう寝ますので」

「好きにしな。——ここは君が払ってくれるんだろう」

久井は、ちょっと唇の端を歪《ゆが》めて、

「買収容疑で捕まっても知りませんよ」

と言った。

せめてもの反抗である。

「払えよ」

と妹尾が言った。「どうせ、自分で出す金じゃあるまい」

久井は、キーを手に、会計へと足を向けた。

妹尾は、久井が、伝票にサインをして、バーを出て行くのを眺めていた。久井は、振り返りもしない。

妹尾は、もう一杯の水割りを、ゆっくりとあけた。

ここまで久井を追って来るのは、実は妹尾の権限を越えていた。それでもなお、久井から目を離せずにいるのはなぜなのか。

妹尾にもよく分らない。

いや――分りたくない、と言う方が正解であろう。

久井の言う通り、彼にはアリバイがある。それは裏付けも取れていた。それでいて、妹尾は久井を追い続けている。

一つには、アリバイの証人が、久井と同様の、「遊び人」だからだった。久井と利害関係のない男なので、嘘の証言とは思えないのだが、妹尾には、あの手の男は皆同じだ、と思える。

ぐるになって、かばい合っているのだ。

そんな奴の言うことを信じられるか！

妹尾は、久井への疑惑が、単なる疑惑を越えて、憎しみに近くなっていることを、知っていた。その理由はただ一つ、娘を奪って行った男が、久井とそっくりだったからである……。

ああいう奴は、見せしめのためにも、罰してやらなくてはならない。本当にあいつが殺したのかどうか。そんなことはどうでもいいのだ。放っておけば、どうせいつか、同じようなことをやる男なのだ。それを予防する。そうさ、と妹尾は自分の思いつきに、ニヤリと笑った。――子供がかみつかれる前に、野良犬を捕まえるようなもんだ。

「おい、もう一杯、水割りをくれ」

と、妹尾は言った。

そんなに飲んで大丈夫か？――大丈夫さ。久井の奴は、あの何とかいう踊り子のそばにくっついてるはずだ。つまり、そうやすやすとは逃げられない。

このチャンスに、たっぷりといじめ抜いてやる。妹尾は、アルコールの力もあって、ますます上機嫌になった。

以前なら、この程度のアルコールで、酔っ払うことはなかったのだが、それだけ年齢《とし》を取ったのだ。ただ、妹尾自身が、まだそれに気付いていなかった……。

それにしても、あの何とかいう踊り子は、可愛い子だ。何の用があって、一人で旅なんかしてるんだろう？

踊り子、花屋、ボロアパートか。まるで「なぞなぞ」だな。

あの子が訪ねた相手は、篠崎といったな。――刑事の習性で、確かめずにはいられないのである。

いくら酔っていても、一度憶《おぼ》えた名前は、まず忘れるということはない。

本当に、あの娘と、篠崎という男、どういう関係なのだろう?

つい考えてしまうのも、刑事の習性の一つかもしれなかった。


夜は、何と長いんだろう。

篠崎拓次は、暗い部屋の中に、ポツンと座っていた。

明りを点《つ》けるわけにはいかない。あいつらが、この窓に明りが灯《とも》るのを、見張っているかもしれないからだ。

篠崎は、目の前のボストンバッグを、手探りで見つけ、確かめるように、ポンと叩《たた》いた。

ちょっとしたショックだった。——必要な物を詰めてみたら、大して大きくもないこのバッグに、半分にしかならないのだ。

俺がこれまでの人生で、手に入れたものは、小さなボストンバッグ半分でしかないのか。

泣きたくなると同時に、笑いたくもなった。人生なんて、そんなものなのかもしれない……。

ともかく、こうして、部屋の中に座り、朝になったら、アパートの人たちの間に紛れて逃げ出そうとしている自分が、まだ信じられなかった。

一眠りして、朝、目が覚めたら、何も考えずに、電車に乗り、会社へ行ってしまうかもしれない。

「やりかねないな」

と、呟《つぶや》いて笑う。

実際、篠崎の生活は、ここ二十年来、電車と会社と大衆食堂、そしてこのアパートの四つを、順ぐりに巡っているに過ぎなかった。眠りながら歩いていても、足の方が憶えているだろうとさえ思えた。

変ったことといえば、ここ二、三年、大衆食堂が、チェーンレストランになったことぐらいだろう。

電車も同じ、会社ももちろん同じ。中でしている仕事も、また同じであった。

篠崎は、ソロバンと、金勘定と伝票切りを一筋にやって来た。——伝票整理コンテストとか、伝票書きコンテストというのがあれば、きっと入賞ぐらいはできたろう。

しかし、残念ながら、篠崎の仕事は決して脚光を浴びることがない。ただただ、地味に、間違いなく、積み上げていくばかりである。

それだって大切なことなんだ、いくら有能な営業マンが成績を上げたって、それは、篠崎が、きちんと給与を計算して渡していればこそ、なのである。

俺の仕事だって、誰にも劣らず大切なのだ、と自分へ何度言い聞かせたことだろう。最近は、「もう一人の自分」が、それに反論する。

有能な営業マンの仕事は、誰でもできるというものじゃない。しかし、単調で平凡な出納係は、いくらでも代りがきく。それが決定的な違いなのだ。

篠崎自身、エリートを夢見たわけではない。元来が、諦《あきら》めのいい男なのである。

入社早々にして、女の子にもてることは諦めた。入社三年にして、転職の望みは捨てた。入社五年にして、出世コースに乗ることを諦め、十年にして、課長になることも諦めてしまった。——ついでに、結婚の方も諦めていた。いや、こちらは、諦めさせられた、と言う方が当っているかもしれない。

これだけ諦めてなお、ここまで篠崎を追い込んだものは何か。——それは、課長が、何の気なしに吐いた、一言だった。

「役立たずだな、全く……」

篠崎の諦めは、内攻した怒りへと変った。そして三か月。篠崎は、今、断崖《だんがい》から飛び降りたところである。

もちろん、本当に飛び降りたわけではない。

篠崎は、高所恐怖症なのだから。

——まだ時間はたたない。

いっそ、今、逃げ出そうか。いや、外では、俺が帰って来るのを待ちかまえているだろう。

今出て行けば、もろに捕まる。――全く厄介な話だ。

できることなら早くこんなアパートとはおさらばしたいのだが、朝になるまでは、とても無理だ。二階の窓から逃げるなんて、映画のような芸当は、とてもできないし、第一、窓を開ければ、すぐ隣のアパートの、のっぺりした壁とご対面だ。

朝になるまで、待つしかないのだ。

篠崎は欠伸《あくび》をした。――少し、緊張がほぐれてきたせいだろうか。今になって、やっとだ……。

それはそうと、さっき訪ねて来た娘。あれは何だろう？

何とかミホとかマホとかいったな。まるで向うはこっちを知ってるみたいな様子だったが……。

まさか、あの娘が婦人警官とか、サラ金の取り立て屋というわけはあるまい。なかなか頭の良さそうな娘だったが、きっと何か勘違いしているんだ。それとも他の誰かと間違えてるか……。

篠崎は、頭を振った。眠っちまっちゃいけない！　しっかりしろ！

篠崎はバッグを開けた。手探りで中を調べる。――必要な物が、半ばを占めているが、その下に、黒のビニール袋にくるんで、分厚い手応《てごた》えがある。

これが何だっていうんだ？　どうってもんじゃないじゃないか。札束なんて。

ボストンバッグの底の方には、二千万円が詰まっている。もちろん、篠崎自身の金ではなかった。

大して感激もない。出納係として、金など見なれているのだ。金を手にしたという実感は、おそらくこの金を使ったとき、初めて味わうことができるだろう……。

篠崎は、ゴロリと横になった。眠りやしない。ただ、横になって、朝が来るのを待つだけだ。

夜は、長かった。

8

朝はコーヒーの匂いで始まる。

まるでコーヒーのCMだが、篠崎が真っ先に思い浮かべたのが、この言葉だった。もっとも、彼にとって、朝とは、「空腹の時」に他ならない。コーヒーはおろか、水一杯飲めないことも珍しくはないのである。

目がさめる前に、コーヒーの匂いが鼻をくすぐり、

「ああ――どこの部屋だ、畜生……。朝っぱらから、朝飯なんか食って」

と、妙な文句を口の中で呟いた。

窓が開いてたのかな。たしか閉めたと思ったけど……。

篠崎は、ギョッとした。ギョッとするのと、起き上るのと、どっちが早いか、というくらいの勢いで起き上っていた。当然、起きたので、はねのけた格好になったのだが。

毛布がかかっていた。

「——何だ、こりゃ？」

と、思わず口をついて言葉が出た。

コーヒーの匂いは、どこから流れ込んで来たのでもなく、彼の部屋の中で、熱い湯気と共に漂っていたのだった。

一人用の小さなテーブルの上に、コーヒーが香り、トーストがこんがりと焼けて、バターを溶かしていた。

ここはどこだ？

見回してみると、部屋そのものは、昨日とまるで変らない、自分のボロアパートであった。

しかし、このコーヒーやトーストは……。

「そうだ！」

こんなことをしてはいられない！　俺は逃げなきゃならないんだ！

時計を見ると、七時二十分だった。

「バッグ！――バッグは？」

篠崎は青くなって、部屋の中を見回した。確かゆうべは手もとに――あった！

部屋の隅に置かれたバッグへと這《は》い寄って、中を調べる。金は、ちゃんと入っていた。

「よかった！」

篠崎は体中で息をついた。

そこへ、いきなりドアが開いたから、篠崎は仰天した。

飛び上って、バッグを抱きしめ、身構える。

「あら、起きたの？　ちょうど良かった。今、卵、買って来たの。トーストとコーヒーだけじゃ惨めでしょ。それにしても、ひどいわね。冷蔵庫、空っぽじゃないの」

昨日の娘だ、と分るのに、しばらくかかった。――分っても、なおしばらくポカンとしていた。

その「ポカン」の間に、その娘は、さっさとフライパンを出し、油をひいて、卵を落とし、目玉焼を作り上げた。いかに長い「ポカン」だったか分ろうというものである。

「――さ、どうぞ」

と、娘は、欠けた皿に目玉焼をのせてテーブルに出すと、「まともなお皿って一枚もないのね。これがまだましな方よ」

と微笑んだ。

言葉を発する前に、篠崎は、一つ深呼吸をする必要があった。

「あのね――」

「何時に出れば、会社に間に合うの？」

「え？――ああ。たいていは――いつも七時五十分だった……」

「まあ。じゃ、あんまり時間ないわよ。早く食べないと。顔も洗わなきゃいけないし、ひげも剃《そ》らなきゃ。髪だってとかして――」

と、篠崎の頭を見て、「それは大して時間かからないみたいね。ハハ」

と笑った。

「おい、冗談言ってるときじゃないぞ！　ここで何してるんだ？」

「朝ご飯作ってるの」

と、美帆は、いとも当然の返事をしたのである。

「しかし――どうして？」

「作っちゃいけない？」

まさかこう訊《き》かれるとは思わなかったので、篠崎はぐっと詰まった。いけないか、と訊かれても、返事のしようがない！

「あんまり時間ないわよ。早く食べて会社に行かないと」

「大きなお世話だよ。大体、どうやって入ったんだ？」

「ドアから」

「しかし鍵《かぎ》が――」

「開いてたもの」

「まさか」

「本当よ」

そういえば、ゆうべ、鍵をかけたという記憶がない。――何てことだ！

緊張のあまり、鍵もかけずに……。

篠崎は、ゾッとした。

「やれやれ……」

「泥棒入らなくて、良かったわね」

篠崎は、苦笑した。当の自分が泥棒だと知ったら、さぞびっくりするだろうな。

「ねえ、時間、いいの？」

「ああ、いいんだ。今日は会社へ行かない日だから」

「何だ、そうなの！　じゃ、もっとゆっくりと寝かせてあげておくんだったわね。ごめんなさい」

「いや、それはまあ……」

「ね、コーヒー冷めちゃうから、早く飲んで。ね？」

「ああ……」

こうなると仕方ない。篠崎は椅子に座ってコーヒーを飲んだ。

少し冷めていたが、おいしい。

「トーストは？　目玉焼も食べて。もったいないわ」

何だか、口やかましい古女房のようだ。

「ねえ、君は――」

トーストをかじりながら、篠崎は言いかけたが、その話を始めると長くなるので、やめた。「君が来たのは何時？」

「そうね……。七時ちょっと前かな」

「近くに人がいなかった？」

「人？　人はいたわ、大勢」

「いや、そうじゃなくて……何と言えばいいのかな、ちょっと柄の悪い、人相の悪い、目つきの悪い――」

「悪いとこだらけね」

と、美帆は笑った。「ゆうべ、ここへ来た二人？」

「そう！　そうだよ、その二人！」

「それらしい人は見かけたわ。ゆうべは声しか聞かなかったから、はっきりはしないけど」

「ど、どこで見かけた？」

「この表。私の後から来たの」

「後から？」

「そうよ。たぶんまだ下にいるけど。——呼ぶ？」

「冗談じゃない！　放っといてくれ！」

何てことだ。畜生！　ゆうべの内なら、あいつらはいなかった。ゆうべの内に出て行けば良かったんだ。

「——どう？　おいしい？」

と、美帆は、至って呑気《のんき》である。

仕方なく、篠崎は目玉焼を食べながら、

「君は——何といったかな」

「仲道美帆です。『仲がいい』の『仲』と、『道路』の『道』。それに『美しい』と、『帆かけ船』の『帆』」

「美帆か。——いい名だね」

「でしょう？」

美帆は嬉《うれ》しそうに言った。「きっと気に入ってもらえると思ったの」

「ああ、そう」

どうにも理解困難な状況である。

少々おかしいにしては、この少女、はきはきしているし、表情も活き活《い》きしているのだ。

しかし、見も知らぬ男の部屋へ、ノコノコ入って来て、勝手に朝食を作るというのは、やはりまともとは言いかねる。

しかし、作り手はおかしくても、トーストや目玉焼の味には変りなく、珍しい朝食を、篠崎はペロリと平らげてしまった。

「良かった！　食べてもらえて」

「ごちそうさま」

次には請求書が出て来るんじゃないかと思ったが、その様子はない。

「いつも、朝はどうしてるの？」

と、美帆が訊いた。

「食べない。昼まで我慢しちゃうよ」

「だめよ、そんなの！」

と、美帆が咎《とが》めるように、「ちゃんと食べなきゃ！　だから頭も薄くなるのよ」

気にしていることを言われて、篠崎は渋い顔になった。

「関係ないよ、これは」

「そうかしら。わかめのおミソ汁でも沢山食べて――」

「ともかく」

と、篠崎は遮った。「朝ご飯をありがとう。もう帰ってくれないか」

「あら、どうして？」

「まだ、何か用事があるのかい？」

「お洗濯と掃除をしてあげようと思って」

「いや、いいんだ」

と、篠崎はあわてて言った。「私は出かけなきゃいけないんでね」

「いいわよ。出かけて来て。私、その間にきれいにしておく」

何だ、この娘は？　慈善押し売り教の信者か何かなのだろうか？

「ちょっと長く留守にするんだ」

「旅に出るの？」

「そんなところだ」

「私も旅の途中なの」

「じゃ、旅を続けるといいよ」

「ここが終点だもの」

どうも分らない。――篠崎は首をひねった。

「ともかく、私はもう行かなきゃ」

と、篠崎は立ち上った。

「顔とひげ！」

「ああ、そうか」

忘れるところだった。やはり緊張しているのだ。

「そのままじゃ、まるで指名手配の犯人みたいよ」

いちいち、ギョッとするようなことを言ってくれる。——篠崎はひげを当った。

さて、どうやってここから出て行くかが問題である。

何しろ、この安アパート、階段を下りていけば、いやでも表から見えるのだ。どうしたって、あの連中の目に入ってしまう。

何とかうまい方法はないだろうか。

あまり時間がない。もう八時になろうとしていた。

九時には会社が始まる。

二千万円の紛失に、気付かれるのにどれくらいかかるだろうか。——遅ければ夕方。早ければ五分、か。

しかし、こんなときは、最悪の条件を考えておくべきだろう。

そうなると、もう、ここを出なくてはならない。

ガチャガチャ音がするので振り向くと、美帆がカップや皿を洗っている。

「ああ、いいんだよ、放っといて」

と、篠崎は声をかけた。

「でも、気持悪いの。放ってあると」

近ごろ珍しい子だ、と篠崎は思った。今の子供は、親の手伝いなど、ろくにしないというが……。

いや、感心してはいられない。

「さあ、私はもう行かなきゃいけないんだ。君は帰りたまえ」

「はいはい」

珍しく素直で、拍子抜けだ。

「色々ありがとう」

「いいえ」

と、美帆は言った。「ねえ、例の表の二人はどうするの?」

「うん……。何とか考えるよ」

「要するに見付かりたくないのね」

「はっきり言うと、そうだ。――あいつら、サラ金の取り立て屋なんだ」

「借金してるの?」

「私じゃないよ。会社の同僚が借りてね、その保証人になってやった。ところが、その同僚、にっちもさっちもいかなくなって、蒸発しちゃった」

「まあ」

「それで、こっちへ押しかけて来るのさ。迷惑な話だよ。めったなことで、保証人なんかになるもんじゃない」

「気を付けるわ」

と真面目な顔で肯《うなず》く。

どこまで本気で、どこからふざけているのか、よく分からない少女だ。

「ともかく、それで夜逃げするんだよ」

と、篠崎は、バッグを指さした。

「もう朝よ。朝逃げじゃないの？」

「そうは言わないよ」

「つまり、あの二人が追っかけて来なきゃいいのね？」

「簡単に言うけどね……」

「私、考えがあるの。電話は？」

「そこにあるだろ」

「え？　これ？——わあ、今でもこんな電話があるの？」

黒くて重い、昔のタイプの電話である。

「これ、使えるの？」

「当り前さ」

「じゃ、借りるわね」

と受話器を上げ、ダイヤルを回す。

いやに、番号が短い。

「どこへかけたんだ？」

「一一〇番」

篠崎がギョッとした。

「あ、もしもし、警察ですか？――はい、実は、変な男の人が二人、道に立ってて女の子にいたずらするんで、学校へ行けないんです。――ええ、住所は――」

篠崎は、呆気《あっけ》に取られて、美帆を眺めていた。

「――じゃ、よろしくお願いします」

と、受話器を置く。「さあ、出かける仕度をしたら？」

篠崎は、ネクタイをしめ、上衣を着た。

「その格好だと、一応サラリーマンらしくなるわね」

「そいつはどうも……」

篠崎は苦笑した。「しかし、君は頭がいいね」

「父親譲りね、きっと」

と言って、美帆が、何となく意味ありげな目で、篠崎を見た。

「すぐに来るかな」

「見てればいいわ。ともかく、一旦《いったん》は追っ払ってくれると思うから、その間に、出て行くのよ」

「うまい手だな。考えてもみなかったよ」

「女の子でなきゃ無理よ。――おじさんじゃ、襲われたって、助けが来てくれないわ」

篠崎は苦笑した……。


「――来たぞ」

と、ドアを細く開けて、覗《のぞ》きながら言った。

制服の警官が、二人の男に色々と声をかけているところだった。男たちは怒っている様子だったが、警察には逆らっても仕方ないと諦《あきら》めているらしい。

追い立てられるようにして、男たちが立ち去ると、篠崎はバッグを手に部屋を出た。

「いや、助かったよ」

「どういたしまして」

美帆も一緒に部屋を出る。——こうなると、篠崎も、帰れとは言えなくなって、ごく自然に、二人は一緒にアパートを後にすることとなった。

「——あの男は誰だ？」

と、妹尾が言った。

「知るもんですか」

と、久井は肩をすくめる。「商売でしょう？　調べたらどうです」

「俺は君を見張ってるだけさ。他の仕事には興味がない」

妹尾と久井は、美帆たちの後から歩き出した。

「じゃ、少し離れて歩いてくれませんか」

と久井は言った。「ピッタリくっついてられちゃ、迷惑です」

「面倒だろ、いちいち捜すのも。——さて、どこへ行く気かな」

久井は、ため息をついた。——昨夜の、叔母《おば》の電話で、ますます気が重くなるばかりだ……。

「あんたが、そんな厄介事に巻き込まれてるなんて知らなかったわ」

と、加藤静子はブツブツグチをこぼした。

「分ってたら、頼まなかったのに……」

「じゃ、やめてもいいんだよ」

久井も、こうなると開き直りである。

「待って。すぐに、カンシャクを起すんだから」

「冗談じゃない。いつもぎりぎりまで我慢してるよ」

「それなら、次から次に会社をやめるわけないでしょ」

「そんな話、今しなくたって……」

久井はムッとした。「どうするのさ？　続けるの？　やめるの？」

「続けて」

と、静子は言った。「Mバレエ団がね、オーディションをやるのよ。あの子も間違いなく受けるわ」

「どうして知ってるの？」

「だから？」

「情報は入って来るもの」

「あの子に、もう少し旅を続けさせてよ。できればオーディションに間に合わないように、ね」

久井は呆《あき》れた。

「ずいぶん、ケチなこと言ってるんだなあ」

「ケチで結構。あんただって、うちの教室がだめになれば、小づかいに不足するようになるのよ。分ってるわね」

「分ってるよ」

と久井は言った。「でも、オーディションはこれ一つじゃないだろ」

「もちろんよ。でも、これからは母親を攻略にかかるわ」

「母親？」

「そう。親をうまく引き込めれば、あの子も親孝行だから、Mバレエ団へ移りはしないわよ」

「そう巧《うま》く行く？」

「何とかするわ。生活がかかってるもの」

それは確かにその通りかもしれない。

「だけど、僕らは強制力があるわけじゃないんだからね。もし、つかまえたとしても、彼女がオーディションに出ると言ったら、だめとは言えないじゃないか」

「そこを何とかするのが、あんたの腕でしょう？」

無茶言ってる、全く。

久井は、皮肉をこめて、

「じゃ、僕が一緒に駆け落ちしてやろうか」

と言って、電話を切った……。

「――タクシーを拾ったぞ」

と、妹尾が言った。

「よし、僕も拾いますよ」

美帆と、見知らぬ中年男を乗せたタクシーを、久井たちもタクシーで追いかけることになった。

「パトカーだ」

と、妹尾が、ふと耳を澄ました。「こっちの方だぞ」

「同業ですね。行って協力してあげたら、どうです?」

「ここは管轄違いだからね」

と、妹尾は澄まして言った。

確かにパトカーのサイレンが近づいて来て、タクシーとすれ違って行った。

一方、美帆と並んで座っている篠崎の方も気が気ではなかった。

まさか、こんなに早く分るはずがない。

「ね、駅からどこに行くの?」

と美帆は呑気《のんき》である。

「さて、どこにしようかな」

と、篠崎は、首をかしげた。「――あ、いいのかい、君、駅まで行っちゃって。途中でどこか……」

「いいの、駅で」

と、美帆が肯《うなず》く。

「そう」

話が途切れる。――美帆は、ガッチリついて歩くつもりだし、篠崎の方は、美帆とそこでオサラバできると思っていた。

分らない内が平和なのである。

ところで、すれ違ったパトカーは、その篠崎の言う、

「まさか」

であった。

今朝に限って、金庫の開くのが、早かったのだった。そして早いだけでなく、金が消えていることも探り当てた。

当然、疑いは篠崎へかかる。

篠崎はのんびりと表の風景を見ていたが、その間にも、主な駅、地下街、などで手配が終るころだった。

9

「仲道さん、お昼、食べて来て下さい」

と、十二時を回ったところで、最近入ったばかりの若い女の子が声をかけて来た。

「いいのよ。若い人の方がお腹が空くでしょ。先に行って来て」

と、仲道治子は言った。

「でも——」

「構わないから。ゆっくりしてらっしゃい」

「すみません！」

ピョコンと頭を下げて、女の子が店の奥へ入って行く。

治子は、微笑みながら、最近の若い子にしては珍しいわ、と思った。今は、何も言わなくたって先に休みを取ってしまう子がほとんどなのだ。

治子は、椅子に浅く腰をかけた。客が入って来たら、すぐに立てるように、背筋は真直ぐに伸ばしたままである。

治子が、この小さな装身具の店で働くようになって、もう五年になる。

母一人、娘一人の暮しは、そうそう金を使うこともないにせよ、東京では楽ではない。

美帆をかかえての十六年の間に、ずいぶん色々な仕事をしてきた。

何しろ、治子には特技というものがない。それに、子供がいては、住み込みで働くというわけにもいかず、平凡な事務やパートの仕事を、色々とやってきた。

落ち着いたのは、ある弁護士の事務所に雇われてからで、そこでは給料も良く、時間もきっちりとしていて、安心して働くことができた。そこで三年間続いた後、そこの客として来ていた婦人に、この店の仕事をしないかと誘われたのである。

趣味で開いているような小さな店で、客も常連の人ばかり。至って気が楽であった。それに主人は店にはめったに顔を出さないので、事実上、治子はこの店を任されているようなものだった。

若い子を一人使って、まずは不満もない職場である。

もっとも今日あたりは、むしろ忙しくしていたい。一人でいると、美帆のことばかり考えるからである。

いくらしっかりしているからといって、一人で出してしまったのは、どんなものだったろう？　やはりついて行くべきではなかったか。

ホテルの名前は分っているのだから、行ってみようかとも思うが、今日もそこにいるとは限らない。——十二時か。電話でもしてみようかしら。

ぼんやり考えていると、店の入口の戸が開いた。

「いらっしゃいませ」

と、立ち上って、治子は一瞬戸惑った。

誰だったろう？　見憶《みおぼ》えはあるのだが……。

「素敵なお店じゃない」

「まあ、先生——」

加藤静子なのだ。いやにめかしこんでいるので、分らなかった。

「ちょっと近くに用があったものだから」

と、静子はわざとらしく言った。

治子は、曖昧《あいまい》に微笑んだ。一体何の用だろう？

「見せていただいてもいい？」

と、静子は言った。

「ええ、どうぞ」

治子はガラスケースのわきを回って出ると、「割合にいい品物が揃《そろ》っておりますの」

と言った。

「そうね。でも、私にはちょっと地味かしら……」

治子は、両手を前に組んで、立っていた。静子が、ついでに立ち寄ったとは思えなかった。

「美帆さんから連絡はあった？」

と、静子が、ケースを眺めたまま訊《き》いた。

「はい。ゆうべ……」

「そう。でも――学校があるし、そう休んでもいられないでしょう」

「そうですね」

と、治子は言った。他に言いようもない。

「でも、美帆さんも本当に立派になったわ」

と、静子は、片隅に置かれた小さな応接セットの方へ歩いて行くと、ソファに腰をかけた。「自慢の娘さんね」

「さあ、どうでしょうか。――親なんか関係ないという顔をしていますけど」

「いいえ、やっぱり母親の心構えだって大変よ」

静子はハンドバッグを開けると、タバコを取り出して火を点《つ》けた。「――美帆さんがうちへ来たときは、まだ本当に可愛くてね。どんなものかなあ、って思ったわ。でもその内、びっくりするくらい伸び始めて……。私も鼻が高いわ。あんな未来のバレエ界を背負って立つ子を育てたんですものね」

治子は黙っていた。相手の心を測りかねたのである。

静子は、タバコをガラスの灰皿に押し潰《つぶ》した。その勢いで、平静を装ってはいるものの、かなり苛立《いらだ》っているらしいことが分る。

「――いつもお一人なの？」

と静子は訊いた。

「いえ。――もう一人若い人が。今、お昼を食べに行っておりますの。もうすぐ戻ると思いますけれど」

まだ戻る時間ではないのだが、治子はそう言った。静子が、用件を切り出すかと思ったのだ。

「そう。お仕事中を悪いわね」

「いいえ、そんなこと……」

治子はそう言って、「あの――何かお話でも？」

と、様子をうかがうように見る。

「ええ。実はね」

静子の方も、多少はホッとしたようだ。

「どんなことでしょうか？」

「美帆さんが、Mバレエ団のオーディションを受けるって噂を聞いたものだから」

治子はびっくりした。言葉も出ない内に、静子が続ける。

「いえね、色々とお節介な人がいるのよ。あることないこと、吹き込んでいくわ。――やっぱり、美帆さんのことで私もねたまれてるものだから。いくらそんなことないと言っても、聞いてくれないのよね」

静子はちょっと笑って、「まあ、私だって本気にしたわけじゃないのよ。あなたがそんなことを私に黙って承知するはずはないし、美帆さんだって、そんな子じゃないものね。でも、そう言われて、知らない人は信用するかもしれないし、うちのお弟子さんたちだって、美帆さんを目標に頑張ってる子が沢山いるんだもの。そんな噂が広まって、みんなが動揺するといけないでしょ。だから一応、あなたの耳にも入れておこうと思ったのよ。ほら、ちょうど美帆さんが旅に出たりして、みんな、どこへ行ったのかしら、って首をかしげてて、そこへそんな噂がね……。まあ、気にするほどのことじゃないけど」

治子にも、静子の言わんとするところは分った。気にしないどころではないのだ。本当に気にしていないなら、わざわざこんな所まで出向いて来るだろうか。

つまりは、美帆を育てて、ここまでにしたのは自分だ、だからMバレエ団のオーディションを受けるのはやめろ、というわけだ。

治子は、少し間を空けてから、言った。

「Mバレエ団を受けるのは本当です」

静子は意外そうな表情を作ろうとしたが、うまくいかなかった。

「その話を、どうして私にしなかったの?」

「申し訳ありません」

と、治子は頭を下げた。「とても急なお話だったものですから。それに美帆もちょうどいないもので、帰りましたらお話にうかがおうかと——」

「そういう情報は早いのよ」

と、静子は遮った。「じゃ、美帆さんは知らないわけね？」

「いえ、知っています。昨夜、電話があったので知らせました」

「そう」

静子はそれきり口をつぐんだ。治子は仕方なく言った。

「美帆も受けたい、と言っていました」

「あなたはどう言ったの？」

「私が……ですか」

「母親でしょう。世間には、恩に報いるとか、そういう大切なことがあるんだと教えてあげる立場でしょう」

静子の言葉に、治子は少し表情を固くした。こうまで言われては、こっちも曖昧に済ませているわけにはいかない。

「先生のお言葉はごもっともだと思いますが、私は美帆の好きなようにさせてやるつもりです」

静子は、目をテーブルの上に向けて、タバコをもう一本取り出した。火を点ける手が震えている。

「じゃ、私の所はもうやめる、ってことなの？」

「それは――」

「見限ったわけね。こんな所にいたって芽が出ない、と」

「そんなこと、考えてもおりませんわ」

治子は少し早口になった。「先生にご指導いただいて、美帆があそこまで来たことは、それは本当にありがたく思っております。けれども、美帆ももう子供ではありませんし、自分の意志で、自分の進む道を決めさせてやりたいのです」

「そう。――ご立派なことね。私だって休みを返上しても、ずいぶん美帆さんには力を尽くして来たつもりよ。そのことだって少しは考えてくれてもいいと思うわ」

「それはもう――」

「分ってるって言うの？　分ってないじゃないの！」

尻上《しり》りに声が高くなる。店の戸が開いて、

「戻りましたあ」

と、食事に出ていた子が入って来る。「あ、すみません」

静子を見て、客と思ったのだ。いらっしゃいませ、と頭を下げたが……。

「邪魔したわね」

と、静子が立ち上って出口の方へ向う。

「先生――」

治子がその後について歩きながら、「どうかそんな無茶をおっしゃらないで下さい」

「何が無茶なのよ！」

かみつくように言って、静子は店を出た。

治子は、追わなかった。追っても、むだだ。

「――どうしたんですか？」

と、女の子が訊《き》いて来る。

「いいのよ。別にお客様ってわけじゃないから」

と、治子は言った。

治子は困惑していた。――あの加藤静子の気持はよく理解できる。

あそこまで育てたものを、Mバレエ団に取られて、しゃくにさわる。それは当然の感情だろう。

しかし、今のまま、静子のもとに残っていても、美帆が大きな舞台へ出るチャンスはまずない、と思わなくてはならない。

それに、今のバレエ団では、美帆がとび抜けてうまい。それでは上達しないのだ。

もっとうまい人、同レベルの子が大勢いる所で、もっともまれ、競い合って、成長できるのである。そのことは、美帆自身が一番良く知っていた。

静子を怒らせたのは、残念だが仕方ない、と治子は思った。これで、却《かえ》って辞めやすくなった、と考えれば……。

「じゃ、私、食事に出て来るわ」

と、治子は女の子へ声をかけた。

「はーい、ごゆっくり」

明るい声が返って来た。

「馬鹿！　馬鹿よ、あんたは！」

加藤静子は、やたら足早に歩き回りながら、口の中で呟《つぶや》いていた。

あんな風に、食ってかかるつもりではなかった。もっと柔らかく、あの母親を丸め込むつもりだった。それなのに……。

静子は、息を弾ませて、足を止めた。

どこまで歩いて来てしまったのか。見当もつかない。

仕方なくタクシーを停め、デパートへ行ってくれ、と言った。

あれじゃ、まるで逆効果じゃないの。美帆は喜んでうちを辞めて行ってしまう。

何とか手はないだろうか？

といっても、今、美帆は旅の途中だ。甥《おい》の竜也にしたところで、後をつけ回すぐらいのことはできても、あのしっかり者の娘の心をつかむことなど、できるはずがない。

静子は、窓の外へ目をやった。――何とかしなくては、何とか……。

――ふと、静子の目が光った。

そうだ。どうしてこんな所で、くよくよと考えているのか？

自分で行って、あの子を言いくるめて見せる。

ともかく、自分は「先生」なのだ。

静子は、タクシーの運転手に、行先を変えるように言った。――大急ぎで家に帰り、仕度して出かけよう。

教室の方は休みにしたって構わない。美帆がいなくなれば、教室そのものだって、やって行けるかどうか分らないのだから。

「急いでね」

と、静子は運転手をせかした。

「急いでくれよ」

と、篠崎はうんざりした口調で言った。

時間的には少しさかのぼる。——朝、駅へ向うべくタクシーに乗った篠崎と美帆である。タクシーなど、とんと乗ったことのない篠崎、朝はいかに道が混むものか、初めて思い知らされていた。しかも、交通事故があって、ますます渋滞。

「この分じゃ、駅に着くころは昼になっちゃうよ」

と、篠崎は言った。

「いいじゃない、別に遅刻するわけでもないんでしょ」

と美帆は呑気《のんき》なものだ。

「そりゃまあね。しかし……」

本当なら、駅に着くのが遅れると、それだけ手配されている確率も高くなるから、そっちを心配しなくてはならなかったのだが、今、篠崎が気にしているのは、カチャ、カチャ、と上って行く料金メーターであった。

まさか、横領した二千万円が失くなることはないだろうが、ともかく心配性なので、たった十メートルくらいしか進んでいないのに、メーターがカチャッと音をたてると、ギョッとするのだった。

「タクシー代、ないの?」

と、その様子を見て、美帆が言った。「何なら貸してあげようか?」

「いや、大丈夫だよ」

篠崎はあわてて言った。

あ、あの信号はうまく通れるかな。——畜生！　また赤になった。

「だめだ。駅まで歩くよ。ここからなら二十分くらいだ」

「そうしましょうか」

と美帆が肯《うなず》く。

外へ出ると、車はまだ蜿々《えんえん》と列をなしている。これじゃ、まだ一時間はかかっただろうな、と篠崎は思った。

「じゃ、行きましょ」

と、美帆が元気に言った。

二人が歩き出す。美帆は、篠崎の腕に手をかけた。篠崎は面食らったが、仕方なくそのまま歩いていた。

これじゃ、まるではた目には親子みたいだろうな、と篠崎は思った……。

美帆と、あの中年男がタクシーを降りたのに、久井は気付いた。

諦《あきら》めて歩くらしい。どこへ行くのだろう？

旅仕度とはいえ、美帆の方は、ホテルにバッグを置いて来ているはずだ。

「降りましたよ、あの二人」

と、久井は声をかけて、初めて、妹尾が眠り込んでいるのに気付いた。

呑気なもんだ。――ゆうべ、人の酒だと思って、飲み過ぎたんじゃないのか。

久井は、妹尾の、くたびれたような寝顔を眺めた。――何も、起こしてやる義理もないさ。

久井は、

「僕は降りるよ」

と、運転手へ声をかけた。

「もう一人は？」

「眠ってるんだ。徹夜明けでね。駅についたら、起こしてやってくれないか」

「ああ、いいよ」

久井はタクシーを降りて、歩き出した。

美帆と、あの中年男は、せかせかと足早に歩いている。久井も、足を速めた。

「どうしてそんなに急ぐの？」

と美帆に訊かれて、篠崎は、

「いいだろ、そんなこと」

と肩をすくめた。

「何だか誰かに追われてでもいるみたいよ」

篠崎はギクリとして、足を緩めた。

「——ね、旅に出るの？」

と美帆が訊《き》く。

「うん」

「どこへ行くの？」

「分らない」

「あてのない旅？」

「そんなところだ」

「いいなあ。私も好きなんだ、旅って」

篠崎は苦笑した。

「君は——学校はどうしたの？」

「お休みなのよ」

「へえ」

「開校記念日でね。一週間休みなの」

「いい学校だね」

本気にしているらしいので、美帆は吹き出しそうになった。

「会社の方は？　お休みなの？」

「まあね」

　と、篠崎は言った。「創立記念日なんだ」

「冗談ばっかり！」

　と、美帆は笑って言った。

　そうだな、と篠崎は思った。俺がこの前、冗談を口にしたのは、いつのことだろう？

　何年前？　いや何十年も前かもしれない。

　冗談を言い合って、一緒に笑える誰かがいるというのは、何てすばらしいことなんだろう……。

「あ、そうだ」

　と美帆は、ピシャリと手で自分のおでこを叩《たた》いた。

「どうしたんだい？」

「ホテルに荷物、置きっ放しだわ。いやだ、忘れん坊なんだから、本当に」

「どこのホテル？」

「いいの。この道だから。駅の近くなのよ」

「じゃ、取っておいでよ。駅で待っていてあげるから」

「そう？　きっとね」

「もちろんさ。さっきは助けてもらったからな」

やれやれ、これでこの妙な女の子から離れられる、と篠崎は内心安堵《あんど》の息をついていた……。

10

「もうちょっとましな写真はないのかい、全く！」

つい、グチが出る。

いくら大都会ではないといっても、ターミナルの駅は、一日中、かなりの人通りがある。この中から、一つの顔を見つけろというのだ。しかも、こんなピンボケの写真だけで！

無茶な話だ。

その刑事は、まだ新米だった。大いにファイトを持って仕事を始めたのはいいが、失敗続きで、すっかりクサっていた。

そりゃ、ヘマをやるのは悪いけど、それをしないように教えてくれるのが先輩ってもんじゃないか、畜生！

それを、

「この役立たず！」

とか怒鳴りやがって。

「いっそ何もしないでいてくれよ」

なんて皮肉まで言われた。――ウンザリだ、畜生！

新米の割に、「畜生」の回数だけはやたらと多いのである。不平不満の分野では、早くもベテランの域に近づいていた。

「おい」

声をかけられて、新米刑事は飛び上りそうになった。

「あ――小松《こまつ》さん」

と新米刑事は言った。

いや、もちろん「新米」という名前なのではない。及川《おいかわ》というのが、この刑事の名前だった。

「そんな目つきでキョロキョロしてたら、向うにすぐ分っちまうぜ」

と、及川のグチの対象となっている先輩、小松刑事が言った。

「すみません」

「写真を手に持ってジロジロ見る奴があるか。顔は頭の中へ焼きつけとくんだ」

「頭の中へ、ですか」

「そうさ。そして新聞か何かを広げて読んでるふりをしながら、素早く、通行人の顔を確かめるんだ」

そんな器用な真似できませんよ、と言いたいのを、及川はぐっと押えた。

「分りました」

「いいな。よく見てろよ。俺は昼飯を食って来る」

小松が歩いて行く後ろ姿へ、及川はベエ、と舌を出してやった。

写真を頭へ焼きつけろって？　俺の頭は印画紙じゃないんだぜ。

篠崎は、およそ写真など撮ったことのない男だったから、手配用に何か、と言われて、会社の方で出して来たのが、ずっと昔の社員旅行の集合写真だったのである。

大体、ピントの甘い写真を、また一人の分だけ大きく伸ばしたので、当人だって、誰だろうと首をひねるような代物になってしまったのである。

「やれやれ」

及川が欠伸《あくび》をしながら、写真をポケットへしまう。――じゃ、新聞でも買って来るかな。

売店に行って、スポーツ紙を買う。小銭を出して財布をしまい込もうとした拍子に、写真がポケットから落ちた。及川は気付かずに歩き出した。

「あの――」

と、誰かに肩を叩かれた。

「え？」

と、及川が振り向くと、何だかパッとしない中年男が立っている。「何ですか？」

きっと、相当不機嫌な顔をしていたのだろう。相手は、ちょっとびっくりしたようで、

「あの——これが落ちましたよ」

と写真を差し出す。

「や、こりゃどうも！」

及川はあわてて受け取ると、胸を撫《な》でおろした。落としたなんて言ったら、またどやされるところだ。

「ありがとうございました」

と頭を下げる。

「いや、とんでもない」

と、中年男は、急いで行ってしまう。

助かった！　及川は頭を振った。——世の中、親切な人間というのも、いないわけじゃないんだな。

及川は持場に立って、新聞を広げた。そして——ふと、思った。

今の、写真を拾ってくれた男、どこかで会ったかな？

あれは俺の写真だ！

篠崎は、足を速めながら思った。

拾ったときは、それと分らなかったのだが、いざ、渡そうとしたとき、ハッと気付いたのである。

大体、篠崎は、写真などというものが嫌いである。だから、却《かえ》って、何枚かの、ごくわずかの写真は、よく憶《おぼ》えているのだ。

あの男は刑事なのだろう。

気が付いただろうか？

あの写真がやたら古くてピンボケなのは救いだった。一目見て、あれが篠崎だと分る人間は、当人以外にはいないだろう。

頼むぞ。気が付かないでいてくれよ。

篠崎は、東京へ向う列車の切符を、適当な所まで買っていた。――やはり、身を隠すには大都会が一番だろう。

ホームへの階段を急いで上って行く。

列車が来るまで、二、三分のはずだった。――大丈夫とは思うが、やはり、早くこの駅を離れたい。

ホームへ上って、息をつく。まだ列車は来ていない。

慎重な性格のせいで、何度も時計と、発車時刻を確かめた。間違いない。

「お客様に申し上げます――」

アナウンスが、列車が十五分遅れて来ることを告げた。

「――何てこった！」

俺は、どうしてこうもツイてないんだろうか？

篠崎は、ベンチに腰をおろした。

刑事が、彼の写真を持って、張り込んでいるというのは、要するに、彼の横領が発覚したということである。こんなにも早く！

きっと、いつもよりずっと早く、金庫を開けたのだろう。めったにないことなのに。

俺は、いつも、ツイてない男なのだ。

しかし――と篠崎は思い直した。――あの刑事が、目の前に、捜す当人がいるのに、まるで気付かなかったことは、幸運だったと言えるんじゃないか。

そうだとも！ まだ捨てたもんじゃないさ、俺だって！

時はのろのろと過ぎて行く。――五分。たった五分？

もう一時間も待っているような気さえするのに。

だが、七分ほどたったとき、突然、十五分遅れているはずの列車が、やって来たのである。

篠崎は目を疑った。

別の列車じゃないか（まさか！）とまで思った。

「やったぞ！」

と、思わず口に出して呟《つぶや》く。

篠崎は、扉が開くと、降りる客と入れ違いに乗り込んだ。

これは、彼としては珍しいことだった。乗るのは、降りる客が終ってから、と、それだけは忠実に守っていたからである。しかし、今は、そんなことを言っているときではなかった。

席もあった。ゆっくりと腰をおろして、息をつく。バッグは、大事に膝《ひざ》の上にのせていた。

さて、早く発車してくれよ。——ホームでベルが鳴る。

さて、これで、この町ともお別れだ。

ふと、ある感傷が、篠崎の胸をよぎった。

ただ黙々と過して来た、単調な人生。それはいかにもこの町にはふさわしかった。

しかし、これからは違う！　これからは、新しい人生が始まるんだ！

そうだとも！

列車はなかなか発車しない。まだベルが鳴り続けていた。——いい加減にしろよ。

感傷も、少々間延びし始めていた。

ガタン、と揺れて、列車が動き始める。

やった！——やったぞ！

篠崎は、窓の外へ目をやった。ホームが、ゆっくりと動いて行く。

少しずつスピードが上る。ガクン、ガクン……。

ホームが視界から、ふっと消えた。——そして、小さなトンネル。

町が見える。小さな町が。

そして、町は、今、どんどん彼の後ろに置き去りにされつつあった。

さらば！——篠崎は、胸が熱くなった。

どうして音楽が鳴らないんだろう？

今までの俺は、もう今の町へ置いて来てしまった。そして、ここに座っているのは、新しい俺だ。

そうさ。——きっと何もかもうまく行く。

二千万の金といっても、大切に使わないと、すぐに失くなってしまうぞ。

さて、どうしようか。東京まで行く。そこでホテルにでも泊って、ゆっくりと計画を練るんだ。

時間はある。金もある。こんなことが、今までにあっただろうか？

金はいつもない。そして、時間だけが、時々、思い出したように、訪れて来た。

しかし、金のない、ヒマな時間なんて、惨めなだけだ。——一人、アパートのあの狭苦しい部屋で、寝転がっている。

あんなことは、もうないだろう。二度と！　二度とあってたまるもんか！

自然に笑いが浮かんできた。——希望、という、もう何十年も忘れていた気体が、篠崎の胸をふくらませていたのだ……。

隣の席に誰かが座った。篠崎は無意識の内に、少し体をずらした。

「大丈夫。私、スマートだもん」

篠崎は、呆然《ぼうぜん》として、仲道美帆の顔を、眺めていた……。

「はい、お茶」

と、美帆は、ポリ容器の日本茶を、篠崎へ渡した。「熱いわよ、気をつけて」

「アチチ！」

篠崎が、あわてて、窓の所へお茶を置く。

「だから言ったじゃないの」

と、美帆は笑った。「——早く飲まないと。あ、猫舌なの？　私もそうなんだ。でも、ティーバッグだけは出しとかないと、苦くなっちゃうわ」

「う、うん……」

篠崎は、ティーバッグを取り出した。

「そう。こっちへかして。捨てておくわ」

美帆は、お弁当の包みを二つ出して、「お弁当買ったの。どうせ買ってないんでしょ？」

「まあ……ね」

「やっぱり！　今食べる？」

「いや、今はいいよ」

「じゃ、私も後で」

美帆は、弁当を、わきへ置いた。

「――ねえ、君」

と、篠崎は言った。

「なあに？」

「どうして――この列車に？」

「だって、改札口の辺りを捜しても、いないしさ。だとしたら、ホームかな、と思って、入場券買って入ったの」

「それで？」

「きっと東京の方へ行くんだろうと思って――だって、他の列車は、みんなまだ時間があったしね。で、ホームへ上って、ずっと中を覗《のぞ》いて歩いてたら、顔が見えたから」

篠崎は、がっくり来た。――こんな小娘が、簡単に彼を見付けてしまったのだ。

刑事たちなら、朝飯前ではないのか。

さっきの希望はどこかへ流れ出たのか、また篠崎の胸はひしゃげてしまった。

「結局、東京に行くの？」

と美帆が訊《き》いた。

「いや……分らない」

「そう、楽しいわね、そういうのも」

篠崎は、絶望的な気分になって訊いた。

「君はどこまで？」

「もちろん――」

と言いかけて、美帆はニッコリ笑った。「それは内緒よ！」

篠崎は、ちょっと引きつったような微笑を浮かべて肯《うなず》いた。

この子は何だろう？――疫病神？　いや、まさか！

こんなに可愛い顔をしているのに。――しかし、顔だけじゃ、ごまかされないぞ。

といって、列車の中じゃ、逃げ回るわけにはいかない。

ともかく、差し当りは、一緒の旅ということになりそうだ……。

「失礼――」

突然、警官が目の前に立った。篠崎は青ざめた。もう見付かってしまったのか！　次の駅にもつかない内に。

「乗車券を拝見します」

——車掌だった。

篠崎は胸をなでおろした。

「どちらまで？」

「あ、あの——東京まで」

「こちらは？」

「私も」

美帆が入場券を出す。

「入場券だよ」

「本当は見送りに来たんだけど、わがまま言って、一緒に行かせてもらうことにしたんです」

「そう。——じゃ東京までね」

美帆は、自分の財布を出した。篠崎が、

「いいよ、僕が出す」

と押えた。

別に親切心ではなく、父と娘という風に思わせておいた方がいい、と考えただけである。

「いいお父さんだね」

仏頂面の車掌が、思いがけず、愛想良く言った。

美帆は、頰を赤らめた。

車掌が行ってしまうと、

「ごめんなさい」

と、美帆は言った。

「何が？」

「東京までの切符代。——あんまりお金ないんじゃないの？」

篠崎にも、いくらかは男の面子《メンツ》というものがある。

「大丈夫さ。君に、朝食を作ってもらったからね」

「高い朝ご飯ね」

「全くだ」

美帆は笑った。——ふと、篠崎は、美帆のその明るい笑いに心を打たれた。

それは、美しい絵とか、音楽に心をひかれるのと、よく似た、一種の感動みたいなものであった。

もっとも、そんなものから遠ざかって、すでに何十年もたつが……。

「——喉《のど》が渇いたわ」

と、美帆が言った。「何か冷たいもの、飲みたい」

「売りに来るよ」

「でも、さっき行っちゃったもの。――食堂車に行って来るわ」

「まだ開いてないんじゃないか」

「散歩よ。退屈だもの」

と、美帆は立ち上って、「そのボストン、上に上げたら?」

「いや、いいんだ。壊れ物が入ってるからね」

と、篠崎は言った。

「そう? じゃ、ちょっと行って来る。――何か飲む?」

「いや、僕はいいよ」

美帆が歩いて行くと、篠崎は、ため息をついて、窓の外へ目をやった。

そろそろ次の駅だ……。

まだ東京は遠かった。

美帆は、食堂車へ入って行った。

「食事はまだですよ」

と、ウエイトレスがぶっきら棒に言う。

「飲むだけは？」

「それならいいけど」

「じゃ……コーヒー下さい」

テーブルは半分くらい埋まっていた。

旅が退屈なので、こんな所へ来る客も多いのだ。

東京！――あの人も東京へ来る。

母にも会ってもらおう。そして――もちろん、一緒に暮さなくたっていい。

でも、空想としては、そんな光景も、美帆の頭の中のスクリーンに映し出されるのである。

しかし、公平に言うと、あの父親に、治子は少々もったいなかった。

まあいいや。それは大人同士の問題だものね。

コーヒー一杯、出て来るのに十分も待たされた。

おまけに、出て来たのは、真っ黒に近い色のお湯。少々恐れをなして、帰ろうかと思ったが、そうもいかない。

我慢して一口飲んだ。――列車がスピードを落とす。

次の駅についたのだ。

美帆は、もの珍しげに、窓の外を眺めている。――それを見ている男がいたことに、美帆は気付かなかった。

――久井は、同じ食堂車にいて、やはりコーヒーを飲んでいた。一口だけしか飲んでいなかったところも、美帆と同じである。

相変らず、あの中年男と一緒なのだ。どうなってるんだろう？

しかし、もうこのまま東京へ戻る様子である。そうなると、久井の仕事も終り、ということになる。

ちょっとがっかりしたような気分だった。

しかし、あの妹尾をまいてやったのは愉快だった。今ごろは、きっと真っ赤になって怒っているに違いない。

電車が停った。――小さな駅である。

あまり乗降客もいないようだった。

久井がコーヒーの二口目を飲んでいると、食堂車へ、いやにせかせかと入って来た男がいる。まだ若いが、キョロキョロと食堂車の中を見回していた。

刑事だ。――直感的に久井はそう思った。

しかし、こんな所で何をしているんだ？　まさか俺を捜しに来たわけじゃあるまい。

それに、何だか、いやに息を切らしているが。――凶悪犯でも追いつめて来たのかな。

　追いついたぞ！

　及川刑事は、食堂車へ入って、しばらく、胸の鼓動と戦っていた。

　あのとき、どうして気が付かなかったのか。——写真を拾ってくれたのが、その写真の当人だとは！

　及川は、十五分近くたって、やっと、それに気付いた。ホームへ駆け上り、動き出した列車の窓に、あの顔を見付けたときの悔しさ。

　ここで逃がしたら、また後で何と言われるか。——それを思って、及川は駅を飛び出すと、タクシーへ飛び込み、次の駅へとすっ飛ばしたのである。

　間に合わせるのは、不可能に思えた。しかし、警察手帳がものを言ったし、運転手がスピード狂だったのも幸いだった。

　信号を無視してすっ飛ばし、駅へ着いたときは発車ベルが鳴っていた。階段を駆け上り、ドアが閉じる寸前に飛び乗ったのだった。

　しかし、ついに捕まえたぞ！

　今の駅では降りていない。——ということは、この列車の中にいるということである。

　正確に何両目だったか、憶《おぼ》えていなかったが、捜す時間は充分にある。

　次の駅までは、少し間があるのだ。

　少し休もう、と及川は思った。こんなにハアハアいっていたのでは、あの篠崎という男をいざ逮捕するとき、息切れがしそうだ。

なに、相手は逃げられやしない。のんびりしても大丈夫だ。及川は、空いたテーブルに座って、コーヒーを注文した。

しかし、俺も、これで株が上がるな、と及川は思った。ここまで追って来て、逮捕というのもドラマチックでいいじゃないか。

やっと俺にもツキが回って来たんだ。

そうとも。たまたま犯人に声をかけられるなんて、そんなチャンスが、そうザラにあるもんか！

及川は、ポケットから、あの写真を出して眺めた。——よく、この写真で分ったもんだ。偉いぞ。

自分で自分を賞めているのだ。いい気なものである。

「はい、どうぞ」

ガチャン、と乱暴にコーヒーが置かれた。——結果的には、このウエイトレスが、篠崎を救ったことになるのだ。

といっても分らないが、つまり、これでびっくりした及川が、また写真を落っことしたのだった。

床を滑って、写真は、美帆の足下に達した。美帆は、それを拾い上げた。

「やあ、どうも」

及川が立ち上って言った。

「これ――あなたのですか」

と、美帆は言った。

「うん。どうして？」

「何だか――知ってる人に似てたんで」

「知ってる人だって？」

と、及川は急に真顔になった。

「あの――近い席の人が、とても良く似ていて――」

「本当かい？　何号車？」

「3号車です。――この先の」

「そうか」

と、及川は肯《うなず》いて、「君、席に戻らない方がいいね」

と言った。

「どうしてですか？」

「つまり――」

及川は声を低くした。「この男は、横領犯人なんだよ」

美帆は目を見開いた。そして、ちょっと笑って、「冗談でしょ」

「いや、本当なんだよ」

と、及川は、そっと警察手帳を覗《のぞ》かせた。

「じゃ……」

「今から逮捕に行くからね」

と及川は肯いた。「危険があるといけない。君はここにいた方がいいな」

美帆は、黙って肯いた。

及川が、席に戻って、コーヒーを飲み始める。

美帆は、じっと、一口飲んだだけのコーヒーカップを見つめていた。

美帆が立ち上ると、及川が、

「どうしたの？」

と声をかけた。

「あの――ちょっと席に――」

「それは危いよ」

「でも、私、お婆ちゃんと一緒なんです。危いんだったら、お婆ちゃんの方が、よっぽど

……」

「横領？」

「そうか。そいつはまずいな」

「次の駅で、応援の人を呼んだらどうですか？　大勢で取り囲んじゃえば、向うも諦《あきら》めるでしょ」

「なるほど」

及川は迷った。——一人で逮捕する方が、確かに劇的ではある。

しかし、もし相手が抵抗して、周囲の乗客にけが人でも出たら、及川が責任を問われるのは必至だ。

それを考えると、ここは慎重に行くべきかもしれない。

「君の言う通りだな」

と、及川は肯いた。「早速、車掌に話をしよう」

「そうですか。私も、安心だわ」

「車掌室はどこかな——」

「反対側の方だと思いますけど」

「そう、どうもありがとう」

及川は立ち上って、食堂車を出て行った。

美帆は、それを見送っていたが、やがて、足早に、自分の車両へと戻って行った。

「——呆《あき》れたもんだ」

と久井は呟《つぶや》いた。

あの刑事、新米らしいが、それにしても……。

久井は、考え込んだ。――美帆が、横領犯人と旅をしている。なぜだ？

いや、今はともかく、美帆がどうするつもりかが問題だ。

久井は立ち上って、美帆の後をついて行った。


「――やあ」

篠崎は顔を上げた。「何か飲んで来た？」

「ええ」

と美帆は言った。「一緒に来ない？」

「いや、僕はいいよ」

「そんなこと言わないで！」

美帆がぐいと腕を引張ったので、篠崎はびっくりした。

「痛いよ！　おい――分った！　行くよ。行くから」

小柄で細いが、美帆はバレエで鍛えている。力はあるのだ。

「こっちこっち」

と、通路をぐいぐい引張って行く。

「だって食堂車は——」

「いいから!」

美帆は、出口の所まで来て、足を止めた。

「どうしたんだい?」

篠崎は、バッグをかかえ込んで、目をパチクリさせている。

美帆は窓から外を見た。——割合になだらかな丘陵地帯を走っている。

「ここなら大丈夫だわ」

「何が?」

「飛び降りても」

「飛び降りる?」

「どこかにつかまって!」

美帆はそう言うと、手をのばし、非常用のブレーキの紐《ひも》をつかみ、力一杯引いた。

車体が、激しく波打ったようだった。

車輪がきしむ、篠崎はひっくり返って、尻《しり》もちをついた。

美帆が、レバーを引いた。ドアがスルスルと開く。

列車は、静かに停った。

「早く!」

美帆は、篠崎の手を引いて立たせると、「飛び降りるのよ！」

と叫んだ。

「どうして——」

「警察が来てるんだってば！」

篠崎が、愕然《がくぜん》として、美帆を見つめた。

「早く！」

美帆がドンと突くと、篠崎は列車から飛び出した。

そして美帆も。——スカートがフワリと翻った。

美帆は、一瞬、バレエの跳躍をしているような、そんな錯覚に陥っていた。

11

「馬鹿野郎！」

雷も負けそうな声が飛んで、及川刑事をぶん殴った。

いや、声が人を殴るわけはないが、ともかく殴られたような気が、及川にはしたのである。

「すみません」

と、及川は頭を垂れた。

「謝ってすむと思ってるのか！」

怒鳴っているのは、及川の先輩、小松刑事だった。

「篠崎を見付けたと、どうして連絡しなかったんだ！」

「間に合わなくて……」

「そうか。列車に乗っているのを、ホームから見た。そのとき、すぐに隣の駅へ連絡して手配しておいてもらえば、次の駅でちゃんと篠崎を押えられたんだぞ。それを、一人でタクシーを飛ばした、だと？　頭を使えよ、頭を！」

「はい」

「もっとも、頭があれば、の話だけどな」

小松が皮肉たっぷりに言ったので、及川はムッとしたが、ここはぐっと我慢するしかない。ともかく、自分の失策には違いないのだ。

しかし、どうして俺はこうもツイてないんだろう？

「ともかく――」

と、小松は、苦い顔のまま、地図を広げた。「ここで、篠崎は、列車を飛び降りている。山へ入ったか、町へ出たか、どっちにしろ、そう遠くへは行ってないだろう」

「必ず、見つけ出します」

と、及川は言った。

「元気がいいな。しかし、自分で見付けようなんて思うから、こんなことになるんだぜ。よく憶《おぼ》えとけ」

「はい」

「それから、乗客の話では、篠崎と一緒に、若い女がいたというんだ。——これが誰なのか、今当らせている」

「女ですか」

「うん。やはり、金と女は切っても切れない縁さ。きっと篠崎も、若い女に狂って、つい金に手をつけたんだろう」

美帆が聞いたら怒り出すようなことを言っている。

「どんな女ですか?」

「乗客の話がバラバラなんだ。二十四、五だってのから、十歳ぐらいだっていうのまでいる」

「どうなってんです?」

「知るもんか。十歳なんてのは、きっとどこかの子供と間違えてるんだ。二十二、三で、ちょっと小柄だが、グラマーな、派手な感じの女だって証言あたりが、一番事実に近いんじゃないかな」

小松ほどのベテランでも、まさか、篠崎と一緒なのが、十六歳の少女だとは、思ってもいない。いや、却《かえ》って、ベテランだからこそ、先入観にとらわれてしまうのかもしれない。

女の子か。――及川は、どこかで女の子に会ったな、と首をかしげた。

あの後の逃亡騒ぎで、美帆のことを、ほとんど忘れかけているのである。

「ともかく、今、人手を集めている。あっちで合流して、捜索に当ろう。分ってるだろうが、今度見付けたら、一人でやろうなんて、思うなよ」

そんなにしつこく言わなくたって……。

「よく分りました」

ぐっとこらえて、及川は言った。

「よし。出かけるぞ」

と、小松が地図をたたんでいると、

「小松さん」

と、若い刑事が声をかけて来た。

「何だ？」

「お客ですよ」

「今、忙しいんだ」

と、小松はひどくあわてて言った。「もういないと言ってくれ」

「いいんですか？」

「バーのつけだろ？」

「違います。東京から――」

「何だ違うのか。じゃ、早くそう言え」

と、小松はホッとした様子。

「――妹尾です」

と、東京から来たその刑事は言った。

「やあ、どうも。おかけ下さい」

「お忙しいでしょう。早速用件に入りたいのですが」

「どういうことですか？」

「今、手配されている篠崎という男。あの男の足取りはつかめているんですか」

小松は、ちょっとびっくりした様子で、

「篠崎が東京でも何かやったんですか？」

と訊《き》いた。

「いや、そういうわけでは……」

「すると、一緒の女の方でも？」

「いや、それとも違います。実は、篠崎の後をつけている男がいまして」

「そうです。私はその男を追っていましてね。といって、手配中とかいうのではなく、純粋に個人的な興味で追っているのです。お間違えのないように」

ということは、見かけによらず、この刑事ホモなのかな、などと小松は思った。

「分りました。つまり、篠崎が見付かれば、その男も見付かる、と――」

「そういう読みです」

「しかし、今はどうでしょうかね」

と、小松は首を振った。

「というと？」

「篠崎たち、列車から飛び降りたんですよ」

「飛び降りた！　本当ですか？」

「ええ。ここにいる及川が、ちょっとドジをやりましてね」

と、小松はしつこい。

及川は顔を真っ赤にして、小松をにらんでいた。

「すると、今逃走中で――」

「ええ。これから、人を集めて、本格的な捜索です」

「篠崎の？」

すると、久井はどこへ行ったのだろう？

列車から飛び降りたというのは、おそらく、篠崎と、あの美帆という少女だろう。

そして――久井は?

よほど運が良くなければ、二人を追って飛び降りるのはむずかしい。しかし、あいつのことだから、結構、うまく、飛び降りて追って行くかもしれない。

タクシーに置き去りにされて、妹尾としては、久井を何としてでも追いつめなければ気が済まなかった!

「見付かる可能性は?」

と、妹尾は訊いた。

「見付けますよ」

と、小松は力強く言った。

「では、同行しても構いませんか?」

「もちろんですとも。ぜひ一度、一緒にやってみたかったんです」

「私は、邪魔にならないようにしていますから」

「いや、ぜひ協力して下さい」

と小松は言った。

「そういえば、あの篠崎、いくらぐらい横領したんです?」

「二千万、ですか」

もちろん、並のサラリーマンにとっては凄《すご》い収入だが、しかし、遊んで暮すには、決して余って困る金額ではなかった。特に東京では、そうだ。

「では、出かけましょう」

と、小松は言った。「おい、及川、行くぞ！」

「はあ」

及川は、少し希望が出て来た。この東京から来た刑事に、俺の活躍を見せてやろう、などと考えていたのである……。

妹尾は、小松と一緒に話をしながら、歩き出した。

篠崎という男のことは、ともかく、妹尾の関心は、あの少女、仲道美帆の方にある。

あの少女と、横領犯人とどういう関係があるのか？

一緒に逃亡している、となると、あの仲道美帆の方も罪に問われることになってしまうのだが。

「もしもし――」

久井は、大きな声で言った。電話がいやに遠いのである。

「もしもし！――聞こえる？」

と、久井は念を押した。

「ああ、失礼。――いや、叔母《おば》かと思ったもので。――え？　いない？」

「そうなんですよ」

と、手伝いの女性が言った。「旅行に出るからとおっしゃって」

「旅行に？」

久井には、いやな予感がした。

「どこへ行くか言ってなかった？」

「ええと――久井さんですね」

「そうだけど」

「お電話があったら、と伝言のメモをお預りしています」

「じゃ、読んで」

「ええと――」

と、バサバサ、紙を開いている音がした。

そして、電話の向うで、声を上げて笑っているのが聞こえて来た。――何やってんだ、一体？

久井が渋い顔で待っていると、

「すみません」

と、声にまだ笑いを残して、向うが出た。

「何だか知らないけど、早く読んでよ。長距離なんだから」

「はい。——〈あんたに任せておくと心配だから、私も行くことにしたわ。連絡をくれたホテルに取りあえず行くから、夜になったら、連絡しなさい。どこかで遊んでちゃだめよ〉。以上です」

「分ったよ、畜生！」

久井は、かみつくように言って、電話を切った。一瞬の差で、最後の十円玉が落ち、返却口には一枚も落ちて来なかった。

久井は、電話ボックスから出た。

さて、美帆とあの篠崎という男、どこへ行ったのだろう？

列車の中で、久井は美帆の後をつけていたのだが、美帆が篠崎の手を引いてデッキへ出たところで、すぐについて行くと目につくと思い、少し待っていた。そこへ急ブレーキである。

不意を食らって久井は転倒し、やっと起き上って、デッキへ出てみると、扉が開いて、二人の姿は、どこにもなかった、というわけだ。

これが映画か何かだと、久井も素早く飛び降りて、二人の後を追うのだけれど、久井は残念ながら、運動神経が抜群に鈍い。そんな真似をすれば、足をくじくのが関の山なので、やめておいたのである。

しばらくして、食堂車で見かけた刑事が泡を食ってやって来た。開いている扉を見てひっくり返るんじゃないかと思うほど真っ青になり、また駆け戻って行った……。

列車は、少しして、扉を閉めて動き出した。――久井は、席に戻って、窓越しに、木々やくさむらをずっと眺めていた。

もちろん、あの二人が、そんなにすぐ近くに隠れているわけはない。もっと遠くへ、逃げているだろう。

ともかく、久井は次の駅で降りることにしたのである。そして今、駅前の電話ボックスから出て来たところだった。

「――ケチくさい町だな」

と、久井は呟《つぶや》いた。

何だか活気のない町で、駅前といっても、みやげ物屋一軒あるわけではない。わずかに、スーパーマーケット（とは名ばかりの雑貨屋だが）が一つ、その二階が食堂になっていた。

久井は、ミシミシ音のする階段を上って、食堂に入った。――どうみても、旨《うま》いものが出て来るはずのない店である。

「ラーメン」

と、注文しておいて、久井は、駅前を見下ろす窓際の席に座った。

窓際族か。俺にぴったりだ、と思った。

久井には、「窓際族の悲哀」などと言われるのが、よく分らなかった。仕事がなくて月給をそこそこにもらえるなんて、こんないいことはないじゃないか、と思ったのである。仕事のない辛《つら》さか。――仕事のある辛さより、よっぽどいいだろうに。全く、代ってやりたいよ。

TVがニュースをやっていた、カラーTVらしいのだが、古いせいか、ぼんやりした灰色でしかない。時々、思い出したように、青っぽくなったり、赤っぽくなったりして、一応、カラーTVであることを、証明している。

見ていると、例の、篠崎という男のニュースになった。

長年、真面目に勤めていて――二千万円の現金を持って――今、当局は必死に行方を追っています、か。

あのドジな刑事じゃ、必死に追ったって、とても見つかるまい。

二千万か。――もちろん、少ない金額ではない。

それだけあれば、当分は遊んで暮らせる。しかし、逆にいえば、その程度の金でしかないのだ。

これが一億とか二億という金なら、一生を棒に振っても構わないという気になるかもしれない。しかし、二千万となると……。

大物なら、二千万ぐらいの金をポンと遊びに出してしまうだろう。そう思うと、二千万の金で、警察に追いまくられている身が、何となく哀れにも思えて来るのだった。

しかし、あの美帆――未来のプリマバレリーナが、なぜ、横領犯人と一緒に旅をしているのだろう？

それだけは、いくら考えても分らなかった。

のんびりとラーメンをすする。――予想していたよりは、ましな味だった。

せっかく、叔母の静子の払いだというのに、こんな安い物を食っちゃもったいないな、と久井はケチくさいことを考えた。

おまけに、叔母が自ら乗り出して来るとなると、そう高い店には入れなくなる。

「おい、チャーハンを一つ追加してくれ！」

と、久井は注文した。

「食い過ぎは毒だぜ」

と、肩に手が置かれた。

妹尾がニヤつきながら立っている。――畜生！　こんな所まで！

「もう目が覚めたんですか」

と、久井は言った。「タクシーでは、よくおやすみだったんで、起こすのも気の毒だと思いましてね」

「そいつはご親切だな」

と、妹尾は言って、向い合った椅子に座った。「チャーハンは俺が食べてやるよ」

「どうぞ。ちょうど食欲が失くなりましてね」

妹尾は、唇を歪《ゆが》めて笑った。この男にはこんな笑い方しかできないのかな、と久井は思った。

何だか、ちっとも愉《たの》しくなさそうな笑い方だ。

「あの二人は？」

と、妹尾が訊《き》く。

「逃げましたよ」

「それは知ってる。どこへ行った？」

「僕が知ってるはずはないでしょう」

「つけてたんだろう」

「二人とも列車から飛び降りて逃げましたよ。それを真似するほどの義理もないもんですからね」

「ふーん。同じ列車に刑事が乗ってた。知ってるか？」

「ええ。刑事です、って札をぶら下げて歩いてましたよ」

「そうか。――今、ここの警察へ来ている。この一帯を捜索するんだ」

「ご苦労様ですね」

「手伝わないか」

「そういう疲れることはごめんです。僕はただあの女の子を見張ってるだけが仕事ですよ。二人が見付かったら知らせて下さい」

「怠け者だな」

と、妹尾は、久井をにらむようにして言った。

「能率的、と言っていただきたいですね」

「同じことだ。要するに、お前は人にたかって生きていくダニみたいなもんだ」

「何とでもどうぞ」

「俺は、ここの警察を手伝うんだ。あの男と娘の二人連れに興味が出て来た」

「どうぞご自由に」

「お前も付き合え」

久井は、チラッと妹尾を見た。それまではまるで無視していたのだ。

「命令ですか」

「そうじゃない。俺は、ここでは警官じゃないからな」

「それなら――」

と言いかける久井にかぶせるように、

「いやだと言うなら、お前があの娘を知っていて、わざと逃がしたと、ここの警察に話すぞ」

久井の顔がこわばった。

「何ですって？」

「俺の言うことと、お前の弁明と、どっちが信用されるかな」

妹尾の言い方は、静かだが、明らかに本気だった。

「お待たせしました」

と、店の女の子がチャーハンを持って来る。

妹尾は、わりばしを取った。

「どうする？　お前を引き裂いてやるぐらい、簡単だぞ」

バシッと音を立てて、割りばしが裂ける。

「──分りましたよ」

久井は、顎《あご》を震わせていた。目に怒りが漲《みなぎ》っている。

「ＯＫ。もの分りがいい奴は、長生きできるぜ」

妹尾は、チャーハンを食べ始めた。「ひどい味だな……」

久井は、ぬるい水を一口飲んだ。

一時の怒りが、鎮まって来ると、なぜ、妹尾が、自分と関係のない、あの篠崎という男、そして仲道美帆を追いかけるのかしら、と考えた。

そこには、何かありそうだ。ただの好奇心でない、何かが。

それを探ってみるのも、いいかもしれないと久井は思った。

12

実のところ、美帆と篠崎は、列車が急停止した場所から、それほど遠くへ来ているわけではなかった。

「あっ!」

美帆が声を上げて、前のめりに倒れる。

「大丈夫かい?」

篠崎が、急いでかかえるようにして、美帆を立たせた。

「木の根に、ちょっと——つまずいたのよ」

「でも、痛そうだよ。放っとくといけないんじゃないか」

「平気! さあ、早く行かないと、追って来るわ」

「ああ……」

美帆にせかされて、篠崎は歩き出した。

ドジっちゃった。——美帆は、左足首の刺すような痛みに、顔をしかめながら、それでも精一杯、歩いていた。

美帆としては、どっちかというと、篠崎が、飛び降りた瞬間に首の骨でも折るんじゃないかと、そっちを気にしていたのである。ところが、実際には、篠崎は巧《うま》く斜面を転がり落ち、なまじストンと降り立とうとした美帆が、そこにあった石につまずいて、左足をくじいてしまった。

痛みが走った瞬間、しまった、と思ったが、そのときは必死で走った。

林の中へ駆け込み、列車から誰も降りて来ないのを確かめると、急に痛みがやって来たのである。

しかし、警察が、この辺一帯を捜索するのは時間の問題だった。早く、少しでも遠くへ。

――どこへ行くというあてもなく、もう二、三時間は歩き続けただろうか。

「――少し休もう」

と、篠崎の方が、へばって言い出した。

「そうね……」

美帆も、反対しなかった。それほど痛みはひどくなっていたのだ。

幸い、ちょっとした空地があった。二人は足を投げ出して座ったが、そのまま、仰向けに寝てしまった。

喘《あえ》ぐように息をつく。

篠崎は、何だか、自分が今、警察に追われているということが信じられない気分だった。俺が何をしたっていうんだ？　人を殺したわけでも、傷つけたわけでもない。何十年もコツコツと勤めて、その当然の報酬を受け取っただけじゃないか。

それの、どこがいけないって言うんだ？

もちろん、こんな理屈で、警察を納得させるわけにいかないことは分っている。しかし、実感として、篠崎は、追い詰められるところまで行っていなかった。

「——ねえ」

と、美帆が言った。

「ん？　何だい？」

「いくら、盗んだの」

盗んだ。——そう言われてドキッとした。

「盗んだ、か。そうだなあ。やっぱり盗んだってことになるのか……」

「借りるつもりだったの？」

「いいや。しかし、これぐらいはいいじゃないか、と思ったんだ。どうしてだろうね？」

「どうして？」

「たぶん……勤めがいやでいやで、たまらなかったからじゃないかな。辛《つら》い思いばかりして、みんなには馬鹿にされて、一生、同じことのくり返しで終る。僕の未来なんて、本当に何の夢もなかったんだよ」

「寂しかった？」

「そうだね。——誰か、グチをこぼしたり、上司の悪口を言う相手がいれば、違っていたかもしれないな」

「いなかったの、誰も」

「そうなんだ。といって、それを人のせいにはできないね。僕自身が、とても人嫌いで、ひねくれ者だからな。——甘えてるのかもしれないよ。誰かに、話を聞いてもらって、『大変ね、可哀そうに』と言ってほしかったんだ。でも、そんな人はいなかった……」

青空を雲が流れていた。——篠崎は、ふと、この前、青空を見上げたのはいつだろう、と考えた。何年前か、何十年前か。

ともかく、俺はいつも下を向いて、歩いて来たのだ……。

「二千万、盗んだんだよ」

と言った。

「それで——どうするつもりだったの？」

「分らないね」

篠崎は、そう言って、ちょっと笑った。「そう訊《き》かれると、自分が馬鹿みたいだな。あても、なく、理由もなく、二千万の金を盗んだ。ただ、何だか自分のものにしてもいい、って気がしたんだ。——おかしいだろう？」

「いいえ。分るわ」

分るもんか、と篠崎は思った。こんな小娘に、分ってたまるか。——そして、篠崎は肝心のことを訊いてなかったことに気付いた。

「どうして僕を逃がしたりしたんだい？」

「だって——」

と、言いかけて、美帆は、言い方を変えたようだった。「あなたが目の前で捕まるのなんて、見たくないもの」

篠崎は、胸がキュンとしめつけられるように思った。——今まで、自分にこんなことを言ってくれた人間があっただろうか？

俺はいつも、「無」だった。いてもいなくても、誰も気にもとめなかった。空気みたいなものだった。

彼が金を盗んだのも、それへの反発かもしれなかった。「空気」にだって、これぐらいのことは、できるんだぞ。そう言いたかったのかもしれない。

「君に礼を言わなきゃいけない」

と、篠崎は言った。「でも、これ以上、僕と一緒にいると、君も捕まっちまうよ。まだ未成年だから、刑務所には行かなくて済むだろうけど、警察のお世話になんかなったら、あとで困ることもあるだろう。——ね、もう君は家へ帰らなきゃいけない」

美帆は、答えなかった。

「——どうしたんだい？」

と、篠崎は起き上った。「おい！　大丈夫かい？」

思わず、篠崎は声を上げた。

美帆は、真っ青になって、額に玉のような汗が浮いていた。じっと唇をかんで、痛みに耐えているのだ。

「痛むのか？——左足だったね」

篠崎は、美帆の左足首が、赤く、はれ上っているのを見た。そっと手を触れると、美帆が、短く声を上げる。

「こりゃいけない。医者に見せなくちゃいけないよ」

「大丈夫……。何とか歩けるわ」

美帆は、起き上って、アッと声を上げた。「だめだよ。そんな無理を——」

篠崎は、美帆の額に手を当てて、熱いのにびっくりした。熱を出している。とても、放ってはおけない。

「困ったね。こんな所に医者はないし」

篠崎は、頭をかかえた。こういうとき、てきぱきと決断することに慣れていないのである。

「ねえ……」

と美帆が、言った。

「何だい？」

「一人で行って」

「何だって？」

「私と一緒じゃ、追いつかれるわ。一人で逃げて。私は大丈夫」

「そんなわけにいかないよ」

「平気よ。ここにいれば、その内、警察の人が来るわ」

「君を放っていけるか！——僕は——僕は泥棒かもしれないが、そんな卑怯《ひきよう》者じゃないぞ」

美帆は笑い出した。痛いくせに、笑っている。

「——何がおかしい？」

「そんな……大見得切らなくたって。似合わないわよ」

篠崎は呆気《あつけ》に取られて、それからつられて笑い出した。

「その元気なら大丈夫だ。——よし。僕がおぶって行こう。ともかく、家か道かに出るまで歩くんだ」

「私をおぶって？」

「ああ。こう見えたって、体には――自信ないんだ」

美帆は、篠崎の背に、身を委ねた。

立ち上って、篠崎はよろけた。

「――大丈夫？」

「今のは、ちょっと、足がもつれただけだ」

「私が、鞄《かばん》持つわ」

「ああ、頼む」

篠崎は歩き出した。最初の内は、フラついて頼りなかったが、そのうち、何とかうまく歩けるようになった。

林の中から、少し道らしい道へ出たのも、大分足取りを軽くした。

「疲れない？」

と、美帆は言った。

「平気さ。これぐらい、どうってことはないよ」

大分、息を切らしてはいたが、篠崎にも多少、意地というものがある。

美帆は、痛みに耐えながら、胸が一杯だった。――今、自分は、あの人の背中に、負われているんだ。

いつか、こんなときが来る、と夢見ていた通りに。ま、少々、状況的には、予測のつかないこともあって、手放しで感激してはいられないけれど、それでも、美帆は満足だった。

「——大変だわ」

と、美帆は、ふと思い付いて、言った。

「何が？」

「私ね、バレエの名手なのよ。知ってる？」

「バレリーナか。——そうか。道理でスタイルがいいものな」

「そう？」

「足が長いし、スマートで、それに、動きがきれいだ。姿勢がいいじゃないか。僕は姿勢がいい女性って、好きだね」

「嬉《うれ》しい。そんなに賞《ほ》めないでよ。思い上るわ」

篠崎は、ちょっと笑った。

「——で、何が大変なんだい？」

「来週、オーディションがあるの」

「オー……？」

「オーディション」

「ああ、要するにテストだね」

「そう。Mバレエ団にね」

篠崎は、およそバレエに趣味はなかったが、それでもMバレエ団の名前は聞いたことがあった。

「有名なバレエ団だろ。それは？」

「ええ、層の厚さでは日本一なの」

「大したもんだな。そこへ入るのか」

「オーディションに合格すれば、ね」

「そうか……」

篠崎が、ちょっと顔を曇らせた。「足がこんなことになって、大丈夫かな」

「まだ日があるもの」

と美帆は言った。「それに、チャンスはこれきりってわけじゃないし」

篠崎は、胸が痛んだ。――いや、腰も腕も足も、みんな痛んでいたが、胸の痛みだけは、少し質が違っていた。

俺のためにこの子は、そのオーデコロンを――いや、オーディションを、諦《あきら》めることになるかもしれない……。

何とかして、医者まで連れて行くんだ。そして、治してやらなくては……。

「少し休んだら？」

と美帆が言った。

「大丈夫だよ」

篠崎は、目の前の茂みをぐいと分けて、ギョッとして足を止めた。——目の前に、トラックが停っていた。

そして——そこは、狭いながらも、きれいに舗装された自動車道路だった。

「見ろよ！　道に出たぞ。歩いて行けば町へ出る」

「無理よ。もちっこないわ」

そう言われると篠崎も否定できない。どっちへどれくらい歩けば町に着くものやら、分らないのである。

「じゃ、どうしようか？」

篠崎は、あまり自分で物事を決定することに、慣れていなかった。いつも、大体、決った仕事を、決った通りに片付けていたのだ。そして、たまに何か、自分で決めると、いつも、ろくなことにならなかった。

「ねえ、そのトラックは？」

と、美帆は言った。

「え？」

「そこに停ってるトラック。——誰かいるの？」

篠崎は、運転席の方へ回ってみた。

「ははあ。居眠りしてるんだよ」

「じゃ、荷台に乗っちゃいましょうよ」

「荷台へ？　そんなことして――」

叱られないかな、と言いかけて、篠崎は、こんなのは、逃亡中の犯人が言うセリフではないな、と思った。

「それしかないわよ」

と美帆は言った。「そんなに遠くまで、私をおぶって行くわけにいかないでしょ。それにトラックなら、どこか町へ行くに決ってるわ」

「よし。じゃ、後ろに何が積んであるか見てみよう」

篠崎は荷台の方へ回って、中を覗《のぞ》き込んだ。

「空だよ。どこかへ行った帰りらしいな」

「じゃ、ちょうどいいじゃない」

「乗り心地は良くないと思うよ」

「歩くよりいいわ」

いちいち、もっともなことを言う子供だ。

「荷物にかける布がたたんで置いてある。あの上に横になれば、少しは楽かもしれないな」

「じゃ、一旦《いったん》おろして。片足で立って、よりかかってるから大丈夫よ」

「そうかい？――じゃ、そっと――気を付けて」

美帆を下へおろしたとたん、篠崎はヘナヘナと座り込んでしまった。

「大丈夫？」

「ああ――平気だとも。ちょっと、腰に力が入らないだけだ」

ハァハァ喘《あえ》ぎながら、篠崎は、荷台の後ろを開けて、鞄をのせると、まず自分が上って、美帆を引張り上げた。

「引張り上げた」などと、簡単に書くと、篠崎が怒るかもしれない。ともかく、篠崎にとってはそれほどの大仕事であった。

「――やれやれ。痛むかい？」

「少し」

しかし、少しぐらいの痛みでないことは、見ていれば分った。

「運転手を起こそうか」

「タクシーじゃないんだもの」

美帆は、折りたたんだ布の上に横になって、目を閉じた。「大丈夫よ……。休んでれば良くなるわ」

「うん……」

篠崎も、並んで横になった。やたらにゴワゴワしたベッドだったが、ともかく横になると、一度に疲れが出て来た感じだった。

何といっても、若くないのだ。

畜生、どうしてこんなことになっちまったんだろう？

しかし、奇妙なことに、篠崎は、こんなことになっても、金を盗んだこと、そのことを後悔してはいなかった。

もし、昨日をもう一度やり直せるとしても、また盗んだかもしれない、と思った。たとえ、追われ、逃げ回るとしても……。

ああ、疲れた。——少し目をつぶっていれば、体が休まるかもしれない。そうだ。少しエネルギーを蓄えておかなくては。

まだまだ、逃げてやるんだ。せっかく、こんな思いまでして、二千万をまるきり使わない内に捕まるんじゃたまらない！

そのためにも、休めるときは休むんだ。そうとも。ほんのちょっとでいい……。

いつの間にか、篠崎は眠り込んでいた。

「おい！　起きろ！」

と怒鳴られて、目が覚めた。

篠崎が起き上ると、トラックの運転手が顔を真っ赤にしてにらんでいる。

「いつの間に乗りやがった！　図々《ずうずう》しい野郎だ」

「あ――どうも」

「どうもじゃねえ！　とっとと降りろ」

篠崎は頭を振った。まだ少しぼんやりしているのである。

「ここは？」

「ここか？　ここはここで、そこじゃねえ！　分ったか！」

篠崎は、起き上って、周囲を見回した。

トラックは、道の端に寄って停っていた。

どこかで見たことのある町並だった。

「――何てこった」

と、篠崎は呟《つぶや》いた。

トラックは、篠崎の住んでいたアパートのすぐ近くに来ていた。元の町へ、戻って来てしまったのだ。

「そっちの娘を起こして、降りてくれ。こっちは忙しいんだ！」

と、運転手は苛々《いらいら》とした様子で言った。

「すぐ降りるよ。──ねえ、もう町だよ」

篠崎は、美帆を揺さぶった。おかしい。眠ったままである。

美帆の額に手を当てて、篠崎は青くなった。ひどい熱だ。

「大変だ。──ねえ、すまないけど、どこか近くの病院へ運んでくれないか」

「ふざけるな！」

運転手が怒鳴った。「こっちは仕事があるんだ！」

「この子がひどい熱なんだ。頼むよ」

「救急車でも呼ぶんだな」

篠崎は、ゴクリと唾《つば》を飲んだ。他に仕方ない。

「──頼むよ。金を払う。いくらだ？」

「へえ。じゃ、十万ぐらいはもらわねえと合わねえな」

「十万だね」

篠崎は財布を出して、中の現金をそっくり渡した。

「三万しかねえぞ」

「後は着いたら払うよ。必ず払う。どこか、個人の病院へつけてくれ」

運転手が、ちょっと妙な目で、篠崎を見た。それから肩をすくめると、

「OK。じゃ、少し町外れの病院がいいかもしれねえな」

「そうしてくれ」

「分ったよ、任しときな」

運転手は、荷台を元通りに閉めると、運転席へ戻って行った。

篠崎は、何だかいやな気がした。——あの運転手、俺に気が付いたのだろうか?

それなら、このまま警察へ行ってしまうかもしれない。——ガタンと揺れて、トラックが動き出した。

仕方ない。ここは運を天に任せることにしよう、と篠崎は思った。

13

しかし、篠崎の心配は杞憂《きゆう》に終ったかのようだった。

警察へ行くのなら、町の中心部へと向うはずだが、トラックは、町外れに向って走り続けていた。

「やれやれ……」

と、篠崎は呟いた。

そばで、美帆がウーンと唸《うな》った。篠崎が覗き込むと、目を開ける。

「どうした? 大丈夫かい?」

「ここは……」

「今、病院に向ってる。もうすぐ着くからね。いいかい？」

美帆は肯《うなず》いて見せた。そして目を閉じる。

篠崎は、急に、まるで我が子にでも抱くような、胸苦しいほどの愛《いと》おしさを感じた。

いや、篠崎に子供はいないのだから、子供を想う親の心がどんなものか、知りようはなかったのだが、それでも、彼にはそう思えたのである。

――一体この少女が、どうしてこうも自分について来たのか、篠崎は知らない。しかし、ともかく、彼を警察の手から救ってくれたことは確かなのだ。

しかも、彼が横領犯人だと分っても、少しもその態度は変らない。

不思議な少女だった。そして、その笑顔は篠崎の、乾いた心へと水をまいたように、しみ込んで来るのだった……。

バレリーナか。――そうか。頑張れよ。

それまでに――オーディションとやらまでに、元気になって、必ず合格してくれよ。

そして、またニッコリ笑って見せてくれ……。

篠崎が、警察へ通報される危険を冒してまで、この少女を救おうと思っているのは、その笑顔をもう一度見たいからかもしれなかった。それほど、少女の笑顔は、篠崎を捉《とら》えていたのである。

「——おかしいな」

と、篠崎は呟いた。

トラックは、もうとっくに町を出て、人家もまばらな辺りを走っている。こんな所に病院があるだろうか？

トラックは、ぐっとカーブを切った。ガクンと揺れて、篠崎はひっくり返りそうになった。

道からそれて、茂みの奥へ突っ込んで、停った。

運転手が出て来る。

「降りな」

篠崎は、鞄《かばん》を手に、荷台から飛び降りた。

「何だ、ここは？　病院なんかないじゃないか」

「病院へは連れてくさ」

と、運転手はニヤつきながら言った。「しかし、ちょっと値上げさせてもらいたいな」

こっちのことを知っているんだな、と篠崎は思った。

「いくらだ」

と訊《き》く。

「そうだな。こっちも少々ヤバイ橋を渡らなきゃならねえ。——一千万ってとこでどうだ？」

　篠崎は目をむいた。

「馬鹿言うな！」

「そうかい？　ちょうど半分残りゃいいじゃねえか」

　運転手が近づくと、篠崎はあわてて後ずさった。

「なあ、聞けよ」

　運転手は、荷台へ手をかけて、「俺は、親切で言ってやってんだぜ。お前たちをこのまま警察へ突き出してもいい。しかし、それじゃ可哀そうだからな」

「金にならないからだろう」

　と、篠崎は言った。

　運転手はちょっと笑って、

「まあ、好きに考えるさ。その気になりゃ、お前なんか、ここでぶん殴って、まるまる二千万、ちょうだいしたっていいんだぜ」

　と言った。「しかし、俺は欲がないんだ。半分で我慢してやるし、おまけに病院まで連れてってやると言ってるんだ。こんないい話はないと思うがね」

　篠崎は、思わず鞄を両手に抱きしめた。

　運転手は、腕の太さからして、篠崎とは大違いである。闘うといっても、勝敗は分り切っている。

「さあ、どうする」

運転手は荷台にもたれて、ニヤニヤ笑っていた。「いやだと言やあ、そいつを丸ごといただくぜ。おとなしく言うことを聞けば、半分で勘弁してやる。考えることはないじゃねえか」

そう言われても、そんなに簡単に決断できるものか。——篠崎は、青くなって、じっと立ち尽くしていた。

「早くしな。俺は気が短い——」

ゴン、と鈍い音がした。運転手がヘナヘナと崩れるように倒れる。

荷台から、美帆が顔を出していた。手にしているのは、荷物を支えるのに使うらしい、木の大きな楔《くさび》だった。

「こんな奴に——しゃくじゃないの！」

美帆はハアハア言いながら言った。

「大丈夫かい？　そんな無理して——」

「平気よ。私、コンディション悪いときにだって、平気で踊れる……」

美帆は、ドサッと倒れた。

久井がロビーに入って行くと、加藤静子がすぐに立ち上ってやって来た。

「何をやってたのよ！」

と、かみつきそうな顔で言う。

「捜してたんじゃないか。そんなにわめかないでくれよ」

久井は、いい加減くたびれていて、不機嫌だった。叔母《おば》が何だ。たかがヒステリーの中年女じゃねえか。

「もっと早く連絡できなかったの？」

「無理言うなよ。あの妹尾って刑事に言われて、捜索に加わってたんだから」

加藤静子は、息をついた。

「まあいいわ。――で、見付かったの？」

「まだだよ」

と、久井は首を振った。「ともかく、何か食わせてくれよ。腹が減って死にそうなんだ」

ホテルのレストランへ入り、久井はハンバーグを取った。静子が、

「安いものにしてよ」

と、釘《くぎ》をさしたのだ。

しかし、今はぜいたくを言っている気分ではなかった。何でも口へ入れれば良かったのである。

ハンバーグとライスが来ると、久井はアッという間に平らげてしまった。

「呆《あき》れたわね」

と、静子が首を振った。「まるで犬みたいよ」

「人だって腹が減りゃ動物さ」

久井は水をガブ飲みして、息をついた。「コーヒーを取っていいだろうね」

「いいでしょ。その代り、こういう所はお代りができるから、二杯は飲まなきゃ損よ」

「がめついんだからな」

と、久井は苦笑して、コーヒーを注文した。

「ところで、一体どういうことなの?」

と、静子が訊いた。

「何だか、よく分らない。ともかく、叔母さんの大事なプリマドンナは、なぜか、横領犯人と一緒に逃亡中だよ」

静子が目を丸くした。

「何てことでしょ!」

「しかも、刑事がやって来ると、その男と一緒に、列車から飛び降りて逃げた。どうも、ただの仲じゃないね」

静子は、ちょっと眉《まゆ》をひそめた。

「そんなにいい男なの?」

「え? ――ああ、いや」

久井は笑って、「そんなんじゃないよ、いくら、あの女の子が悪趣味でも、あんなじじむさい男に手は出さないよ」

篠崎がこのころクシャミしていたかどうかは分らない。

「じゃあ、どうして――」

「何か事情があるんだろうね」

静子は考え込んだ。

どうにも、思いがけない展開になって来た。――静子にとって、美帆はかけがえのない逸材である。

どんなことをしても、失いたくない。

それに、Mバレエ団を受けさせるのも阻みたいが、といって、警察に捕まって少年院送りとなっても困るわけである。

「美帆のことを、警察は知ってるの?」

と静子は訊いた。

「いいや。なぜか分らないけど、二十歳ぐらいの、ちょっと派手な女が一緒に逃げてると信じてるよ。まさか、十六の女の子とは思わないんだろ」

「あんたもしゃべってないのね？」

「うん。それに、あの刑事もね」

静子は、ちょっと間を置いて、

「あんた、本当に女を殺したの？」

と訊《き》いた。

「とんでもない！　ちゃんとアリバイがあるんだよ。——あの刑事一人が、僕を追い回してるんだ」

「どうして？」

「分らないよ」

と、久井は肩をすくめた。「あいつの場合は、もう個人的な憎しみだな。わけが分らないから気味が悪いけどね」

「その人は美帆のことを知ってるんでしょう？」

「話したよ。隠してると捕まりそうだったからね」

「その人が、ここの警察へ話したんじゃないの？」

「それが妙なんだ」

「妙って？」

「話してないんだよ。それに、あの刑事は、別に篠崎の——ああ、篠崎って、例の横領犯人だけど、そいつを捜す権限も義務もないんだ。それなのに、いやに熱心に捜索に加わってるんだよ」

静子は考え込んでいたが、

「ともかく、こっちには関係ないわ」

と肩をすくめて「私は美帆を取り戻したいのよ。それだけ」

「しかし、行方は分らないんだよ、今のところ」

「手がかりはないの？」

「警察犬を使って、追いかけたけど、山の中へ入って、自動車道路の所で、プッツリ切れてるんだ」

「車に乗ったのかしら」

「ヒッチハイクみたいにね。そうかもしれない。今、たぶん警察がラジオで流してると思うよ」

久井は、静子を見つめて、「――でも、もしあの子が見付かって、警察に何も知られずに済んだとして、どうやってMバレエ団のオーディションを受けるのを辞めさせるの？」

静子は苦い顔になった。自分でも気にしていることを言われたのである。

「それを考えてるんじゃないの」

「もし、今度の騒ぎで、彼女がオーディションを受けられなかったとしても、またオーディションはいつかあるわけだろう？　そういつまでも引き止めておけないんじゃないの？」

「何とかするわよ」

と、静子は言った。「必ず、何とかするわ」

「やあ、ご苦労さん」

と声がした。

妹尾が立っていた。久井は面白くもなさそうに、

「日当は出ないんですかね」

と言った。「一般市民をこき使っといてさ！」

「お前が一般市民か？」

妹尾はちょっと笑って、それから、静子の方へ、「どうも」

と会釈した。

「わざわざ足を運ぶとは、熱心ですな」

「ええ。生徒思いですから」

妹尾は、勝手に椅子を引いて座ると、

「その女の子について話して下さい」

と言った。

「はあ？」

「なぜ、あの篠崎という男と逃げているのか、興味があります」

「私にも見当がつきませんわ」

「ふむ。しかし、あの子のことを、多少はご存知でしょう」

「それはまあ……」

静子は、美帆について、知っていることを、断片的に話した。

話してみると、却って、いかに美帆の私生活について、知ることが少ないか、よく分った。

「——大したことは知らないんです。要するに」

「なるほど」

と、妹尾は肯《うなず》いた。「父親がいない、という点は面白い。つまり、篠崎は、ちょうど美帆という子の父親ぐらいの年齢ですからね」

「まさか！」

と、久井が言った。「まるで似ていませんよ」

「母親似ってこともある」

と、妹尾は言った。「もし、篠崎が、その子の父親なら、彼女があれほどにしてまで、彼を守るのも分らないではない」

静子はゆっくり肯いた。さすがに刑事だけあって、よく見ている。

「もし、そうだとすると──」

と、静子は言った。「その男が捕まったとき、美帆も罪に問われるわけですか？」

「それはそうです。もし、一緒にいるのが、その子だと分れば、の話ですが」

「警察は知らないんですね？」

「てっきり愛人だと思ってますよ。列車の乗客も、記憶があやふやなので、一人が二十歳くらいと言えば、すぐに引きずられるんです」

「なぜ話さないんですか？」

妹尾はニヤリと笑った。

「あなたの営業妨害をするのが私の仕事じゃありませんからな」

「それだけ？　篠崎の捜索には熱心ですね。何が狙いです？」

と、久井が訊く。

妹尾は、フフ、と軽く笑って、

「それはまだ話しても仕方ない。──いいですか」

と、妹尾は、静子と久井を交互に眺めて、「もし、その女の子の弱味を握りたいのなら、まず、篠崎ですよ」

静子はギクリとした。

「では――」

妹尾が立ち上る。「今夜はここにお泊りですか？」

「ええ」

「私もです。またお会いできそうですな」

と、妹尾は言って、レストランを出て行った。

「いやな奴だ」

と、久井は、吐き捨てるように言った。

「でも、話はよく分ったわ」

「まさか。あの美帆が篠崎の娘だなんてことが――」

「でも、そうだとすると、説明がつくじゃないの」

「じゃ、叔母《おば》さんは――」

「待ってよ。何もそうだと言ってるんじゃないわ。でも、もしそうなら、私たちは美帆をつなぎとめておくのに一番の武器を手に入れることになるわ」

久井は、うんざりした様子で、

「女の子一人に、そうまでしてしがみつきたいの？」

と言った。

静子は、少し身を乗り出して、

「いいこと。これは美帆一人がどうって問題じゃないの。私がこれまでにして来たバレエ教室の未来がかかっているのよ。分る?」

「そりゃあね。しかし——」

「あの子は、大物になるわ」

と、静子は言った。「その栄誉を、Mバレエ団にくれてやるなんて、真っ平だわ」

「だけど、その前に、あの二人を見付けなきゃいけないんじゃないの?」

「それは分ってるわよ」

静子は久井をにらんだ。「あんたは、本当にいやな人ね。出世できないわよ、それじゃ」

「会社へ入ってもいないのに出世もないじゃないか」

「何とかして、その二人連れを見付けられない?」

「よせやい。警察があれだけかかって、見付けられないんだよ」

「結構一人の方が、ユニークな考え方はできるものよ」

勝手言ってら、と内心久井は舌を出していた。そう巧《うま》く行ってたまるか。

「ともかく、今夜一晩良く考えましょう」

「叔母さんが考えるの?」

「何よ、人のことを馬鹿にして。——さあ、あんたは、あまり飲み過ぎないでね」

叔母が出て行くと、久井はムシャクシャした気分で、レストランを出て、バーに入った。

少しは酔わないと眠れない。

あの可愛い少女が、篠崎みたいな男の娘のはずがないじゃないか！

全く、叔母さんも叔母さんだよ。

しかし、ついてないときはそんなもので、バーは満員だった。

久井は、諦《あきら》め切れなかった。

「外で飲むか」

ホテルを出て、左右へ目をやった。ドアボーイへ、バーはないか、と訊《き》いたが、十五分ほど歩いた所にしかない、と言う。

それなら少し待っていてもいいか……。

ホテルへ戻ろうか、どうしようかと迷っていると、妹尾が出て来た。

「やあ、どこかへ出るのか？」

「別に」

「俺は外へ飲みに行く。こんな所じゃ高くてかなわん」

「こっちのつけにしなかったんですか」

と、久井は言ってやった。

「叔母さんに悪いじゃないか。どうせお前は払わないんだろう」

「悪かったですね」

と、久井は言った。「どうぞ行ってらっしゃい」

妹尾が肩をゆすって歩き出す。——久井はその後ろ姿を見送っていたが、もし外へ出て、妹尾と出会いでもしたら、と思うと、やはりホテルで飲んだ方がいいか、という気になった。

ロビーへ入り、ソファに腰をおろした。

少し待てば、一人分のカウンターぐらい、空くだろう。

——夜のせいか、ロビーは結構にぎわっている。ただの待ち合せなどにも、よく利用されているらしい。

「どうにでもなれ」

と、久井は呟《つぶや》いた。

簡単なはずだった仕事が、いやにややこしくなってしまった。もう久井には考えるのも面倒くさい。

「まだ空かないかな」

と呟いて、顔をめぐらすと——思ってもみないことが起こった。

篠崎が、ロビーへ入って来たのである。

14

篠崎は、もう倒れる一歩手前だった。

冗談でなしに、ホテルのフロントが、左右に激しく揺れて見える。ロビーがあと二メートルも広かったら、前のめりに倒れていたに違いない。

フロントのカウンターで、危うく身を支える。

「お泊りでいらっしゃいますか？」

フロントの係は、まず、たいていどんな人間が来ても表情一つ変えないように訓練されている。

「そう――そうです」

と、言ったつもりが、「そうれす」になってしまう。

酔っ払ってるんだな、とフロントの係は思った。大分、千鳥足だ。

「お一人様でいらっしゃいますか？」

「うん」

「ご予約いただいておりますか？」

篠崎は、黙って首を振った。くたびれて、言葉が出て来ないのである。

「かしこまりました。シングルは、七千円のお部屋と九千円とがございますが。どちらにいたしますか」

篠崎は、フロントの男に殺意すら覚えた。どうでもいいから、ともかく部屋へ連れてってくれ！――そこをぐっとこらえて、

「近いのは？」

と訊く。

「は？」

「歩かなくて済むのはどっち？」

「はあ。――九千円の方ですと、エレベーターを出て、すぐ目の前でございますが」

「そこでいい！」

篠崎は即座に言った。

「では、こちらをご記入下さい」

と宿泊カードを出す。

篠崎は、気が遠くなりそうだった。ボールペンを持つと、もう、偽名を考える余裕などない。本名を書きつけたが、それは到底「文字」と呼べる代物ではなかった。

「お部屋へご案内いたします」

と、フロントの男がボーイを呼んで、キーを渡す。

「お荷物をお持ちしましょうか」

とボーイが手を出すと、篠崎はあわてて、鞄《かばん》を抱きかかえた。

「これは自分で持つからいい」

ボーイの後について、篠崎はエレベーターの方へ歩き出したが、ほとんど「泳いでいる」と言った方が良い様子でフロントの男は、

「自分が荷物になった方がいいんじゃないのかな」

と、呟いた。

そして、到底判読できない宿泊カードを、カゴの中へ、放り込んだ。

七階までの長かったこと！

一人、若い男が一緒に乗って来て、ボーイに、

「何階でございますか？」

と訊かれ、

「僕も七階だ」

と答えているのを、ぼんやりと耳にしていた。

篠崎は、階数の表示が、〈3〉〈4〉〈5〉と変って行くのを、半分眠りながら眺めていた。

「――七階でございます」

ボーイが扉を押えて、篠崎がよろけるように出るのを待っていた。もう一人の若い男は、先に出て、廊下を歩いて行く。

ボーイが、その部屋のドアを開ける。

「どうぞ。何かご用がございましたら――」

「いや、何もない、ありがとう」

ありがとう、を付け加えるためには、正に超人的な努力が必要だった。

「ではごゆっくり」

ボーイが外へ出て、ドアを閉める。篠崎はベッドの方へ向って歩き出した。

あと二メートル、一メートル……。

ドサッとベッドの上に倒れ込む。鞄が床に転った。――そして、数秒後には、篠崎はゴーッ、ゴーッと、台風も顔負けのいびきを立てていた……。

篠崎が、こんなにも疲れ果てているのも、当然のことであった。

ともかく――あの男のトラックを運転して、美帆を病院まで運んだのである。

もちろん、それ自体、大したこととは思えないかもしれない。だが、篠崎は車が運転できないのだ!

実のところ、ずっと昔に、一度免許を取ろうと、教習所へ通ったことがある。しかし、所内を二、三時間回っただけで、あんまりひどく怒鳴られるので、いやになって、やめてしまったのである。

何も、会社を出てまで、怒鳴られてなくたっていいだろう、と思った。そして、それきり、教習所通いなどしたいとも思わなくなったのだった。

小さな都会であり、仕事も別に外を回るというわけではない。休日に、一緒にドライブをする恋人もいない。これでは、しごきに耐えるかいがないではないか。

まさか、こんなときになって、車を運転しなくてはならないはめに陥るとは、思ってもいなかった。

しかし、美帆は荷台で気を失っている。早く病院へ運ばなくてはならなかった。

また背負って歩くだけの元気は、とても残っていなかった。それに、病院が一体どこにあるのやら、見当もつかないのだ。

ここに至っては、いかに決断力に乏しい篠崎といえども、このトラックを運転して行くしかない、と心を決めた。

ともかく、道を逆に辿《たど》って行けば町の方へ戻るのだろう。

美帆をシートの上に横たえた篠崎は、運転席に座った。――何とか記憶をよみがえらせる。

アクセルをちょっと踏んで、エンジンをかけて……。クラッチを踏んで、ギアを……どっちがローだ？

ガタン、ガクンと揺れて、いきなりトラックは動き出した。あわててハンドルを回すと、トラックは何と曲ったのである！

――それからの数十分間は、悪夢のようだった。

冷汗が、額といわず、背中といわず、滝のように流れ落ちる。目はギョロリと見開かれ、前方を凝視していた。

ハンドルが砕けんばかりの力で、きつく握りしめる。対向車でも来ようものなら、念力であっちへやろうとでもいうように、にらみつける。

そのかいあってか、正面衝突だけは何とか逃れられた。しかし、塀をこするわ、立て看板を引っかけるわ、ゴミのバケツははね飛ばすわ……。

信号も全部無視。――せっかく動いているのだ。赤信号で停って、それきり動けなくなったらどうする！

ともかく、一度も捕まらなかったのは、正に奇跡というしかなかった。

そして、目の前に〈外科医院〉の看板を見付けたときの、篠崎の目からは、涙が流れ出たのだった。

ブレーキを踏むと、ガクン、とトラックは停った。エンジンを切る。

「やった！」

と、思わず口をついて出た。

病院へ入って行くと、受付の看護婦が、びっくりしたように篠崎を見た。

「どうしました？」

「足を挫《くじ》いて、熱を出してるんだ！　すぐ診てくれ！」

「じゃ、早くこっちへ」

と、看護婦が出て来ると、篠崎の腕を取った。「早く診察室へ――」

「何をやってるんだ！――僕じゃないよ！　患者は外なんだ！」

「ええ？　でも、そんなにひどい顔してるから――」

「悪かったな」

と、篠崎はかみつくように言った。

――いささか、ボロい病院だったが、そんなことを言ってはいられない。

ともかく、美帆を、看護婦と二人で、荷台から降ろすと、中へ運び込んだ。

「医者は？」

と篠崎が訊《き》く。

「今、呼んで来ます」

と看護婦が奥へ入って行く。

篠崎は気が気ではなかった。――美帆はハアハアと荒い息をしている。

「何やってるんだ」

と、ブツブツ言っていると、看護婦が戻って来た。

「ちょっとお待ち下さい、って。ともかく、台に寝かせましょう」

「それじゃ……。気を付けて！　足が大事なんですから」

「え？」

「この子はバレリーナなんです」

「まあ、そうなんですか。私もね、子供の頃は憧《あこが》れたんですよ」

やめて良かったね、と言いたいのを、篠崎はぐっとこらえた。

二人して、美帆の体を、診察台の上に横たえる。しかし、医者は一向に出て来る気配がなかった。

「何やってんです？」

と、篠崎が言った。

「ええ――いつもだめなんですよ。始めると熱中しちゃって。将棋を……」

篠崎は、カッとなって、奥へ飛び込んで行った。

「ちょっと待った！」

「いや、待ったはだめです」

と、声が聞こえて来る。

「患者がいるのに、何をやってるんだ！」

いきなり篠崎が怒鳴ったので、医者は仰天してひっくり返りそうになった。将棋盤につかまったので、盤が動いて、駒がバラバラになってしまった。

「あーあ、これじゃ、勝負なしだ」

と医者が言った。

「怪しいな、先生、わざと手をついたんじゃないんですか？」

「何を言うか！　私はこれまで三十年――」

「分りました。どうせ私ももう戻らにゃならんので」

実のところ、篠崎の方もギョッとしていたのである。――医者の相手をしていたのは、警官だったのだ。

「いや、どうもお邪魔しまして」

と、警官が帰って行く。

医者は、ふうっと息をついた。

「いや、助かったよ！」

ポンと肩を叩《たた》かれて、篠崎は面食らっていた。

「あの――」

「いや、この勝負、十中八、九は負けとったんだ。これに負けると、あいつに二連敗でな。それだけは何としても避けたかった。――ありがとう、助かったよ！」

篠崎は、苦笑した。

「ともかく患者を診て下さい」

「ああ、そうか。ひどいのか？　それから、ここにかかると命の保証はせんぞ」

ひどい病院へ来たもんだ、と篠崎はため息をついた。

「——熱があるな」

と、医者は、美帆の額に手を当てて言った。

「それに左の足首を挫いている」

それぐらい、こっちだって分っている、と言いたいのを、篠崎はぐっとこらえた。

「聴診器を取ってくれ」

医者が、美帆の胸を開いた。——白い肌がチラッと覗《のぞ》いて、篠崎はあわてて目をそらした。

「あの——待合室にいます。薬の匂いが苦手でして」

と、言っておいて、急いで、診察室を出た。

やたら固いベンチに腰をおろすと、そっと額の汗を拭《ぬぐ》った。

いくら小柄で細身といっても、もう大人になりかける年齢である。篠崎とて平然とは見ていられない。

何を言ってるんだ！　いい年齢《とし》をして。

それにしても……大したことがないといいが。

座っていると、体のあちこちが痛み出した。今になって、膝《ひざ》や肘《ひじ》がこわばって来る。少し気が緩んだのだろうか。

そういえば、このトシになるまで、こんなに必死で動き回り、緊張していたことはなかったような気がする。この金を盗むときだって——。

「しまった！」

と、思わず口走る。

美帆を運ぶのに夢中で、あの鞄《かばん》を置いて来てしまったのだ。篠崎は、あわてて病院から飛び出した。

鞄は、運転席の隣に、ちゃんと置いてあった。篠崎はホッとして、鞄を手に、病院へ戻った。

ベンチに座って、何となく気になるので、鞄の中を覗いた。——大丈夫。ちゃんと札束はそこにある。

「待たせたね」

と、医者が出て来た。

篠崎は、あわてて鞄の口を閉めた。

「それで——具合はどんな風でしょうか？」

「足の捻挫《ねんざ》は大したことはない。一応、骨にひびでも入っていないか、レントゲンを撮る」

「お願いします」

と、篠崎は言った。「でも――熱がありますが」

「ああ、あれは風邪だろう」

「風邪?」

と、篠崎は思わず訊き返していた。

「うん。扁桃腺《へんとうせん》が腫《は》れとる。あれなら四十度近い熱が出てもおかしくない。まあ今夜は一晩、入院するんだな。足首の結果が明日には分る。そしたら、扁桃腺の薬をやる」

一旦《いったん》立ち上っていた篠崎は、ペタン、とまたベンチに座り込んだ。気が抜けてしまったのである。

あんな熱を出しているから、どんな重症かと思えば!――人を心配させやがって!

不思議に腹は立たない。何だか、無性に笑いたくなっていた……。

そして、篠崎は、さらにトラックを運転して、町へ入ると、道端に停めておいて、タクシーに乗ったのだった。

乗ったとたん、一気に疲労が津波のように押し寄せて来て、篠崎を飲み込んだ。

「——ホテルへ」

と、一言言うのもやっとだった。

本当なら、ホテルへ泊るなんて、危険極まりないことである。どこか、身を隠せる所、と考えていたのだが、疲労が、そんな余裕を与えなかった。ホテルのベッドで思い切り寝られれば、もう捕まったっていい、とさえ思った……。

その夢が叶《かな》った証拠のいびきが、廊下にまで洩《も》れて来る。——久井は、ドアの外に立って、それを聞いていた。

一体、どうしてこんな所へ戻って来たのやら、見当もつかなかったが、ともかく、今この部屋に篠崎がいることは事実である。

久井は、ちょっと考え込んだ。——どうしたものだろう？

もちろん、やるべきことは分っている。警察へ通報するのだ。

自分でやってもいいし、フロントに言ってもいい。——しかし、急ぐことはない。

あんな勢いで眠っていれば、そう簡単に起きるものか。

久井は、エレベーターでロビーに下りた。

そして、ソファにゆっくりと腰をおろす。

あの男、仲道美帆をどうしたのだろう？　一人で現われたというのは、どうもまともではない。

まさかとは思うが……。久井の脳裏に、どこか、茂みの奥に、殺されて捨てられた美帆の姿が浮んだ。

いや、あいつはそんなタイプとも見えないが。――人間は外見では分らないものだ。

大体、あの男が二千万円横領したのだって、正に意外な事件だったわけだ。追いかけ回されて、足手まといになれば、人殺しもしたかもしれない。

もしそうなら、叔母《おば》の夢の風船を、針で突ついたことになる。いい気味だ、と久井は思った。

しかし――妹尾は？

そうだ。あの刑事は何を考えてるんだろう？

久井は、しばらく考え込んだ。――入口から妹尾が苦虫をかみつぶしたような顔で入って来たとき、久井はまだ、ソファで考えに耽《ふけ》っていたのである。

「まだこんな所にいたのか」

と、妹尾が久井に気付いて、やって来る。

「どうしたんです。早いじゃありませんか」

「客を馬鹿にしてやがる」

と、妹尾は顔をしかめた。「ろくな女もいないしな。――おい、中で飲み直そう」

「いいですよ」

と久井は言った。

バーは、もう、多少空いて来ていた。

しかし、図々しい奴だな、と久井は苦笑した。こっちを人間の屑《くず》みたいに——いや、人間以下みたいに見ておきながら、その金で飲むのは平気なのだから。

だが、俺も同じことか、と久井は、ふと考えた。叔母にたかり、叔母の金で飲んでいる。そうでなければ、どこかの女の金で。

あんまり人のことを言えた立場じゃないな。

「——何をニヤついてるんだ」

と、妹尾が言った。

「別に。——あんたのことを考えていたわけじゃありませんよ」

「構わんさ。俺のことをどう考えてくれようとな」

妹尾は、少し酔いの回るのが早い様子だった。

「何が狙いなんですか？」

と久井は訊《き》いた。

「何の話だ」

「とぼけないで下さいよ。僕だって馬鹿じゃない。あなたが、ここの警察になぜ仲道美帆のことを黙っているのか、それが不思議なんです。——警察は二十歳前後の派手な感じの女を捜している。見当違いの方向をね。それをあんたは黙って見ている……」

妹尾はニヤリと笑った。

「よその仕事をそんなに手伝ってやるほどお人好《よ》しじゃねえ」

「そうですかね」

と久井は、妹尾を見つめながら、言った。

「——ほう。何か言いたいことでもあるのか?」

「僕が何も分らないと思ってるんですか」

「大きく出たな」

「あんたは、篠崎という男が横領した二千万を手に入れたいんだ。そうでしょう?」

妹尾は、薄笑いを浮かべたままの顔をこわばらせて、久井を見返していた。

それから、声を上げて笑うと、

「おい、水割りをくれ!」

と、カウンターの方へ声をかけた。

15

電話がない。

おかしいわ、と仲道治子は、ちょっと苛々《いらいら》しながら、時計を見た。

何をやってるのかしら？

美帆のことだ。何事もないとは思うけれど、しかし、逆にしっかりし過ぎているのが困りもので、無鉄砲なこともやらかす。

しかし、毎晩電話をかけるとか、そんな約束はきちんと守る子なのだが……。

もう十一時を回っている。いつもなら、治子はとっくに床に入っていた。

まあ、何かの都合で電話ができないということもあるだろう。——まさか、危険な目に遭うこともあるまい。父親に会いに行っただけなのだから。

「こうしていても仕方ないわ」

と、自分に言い聞かせるようにして、部屋の明りを消すと、とたんに電話が鳴り出した。

「まあ、やっと——」

もう一度明りを点《つ》けて、受話器を取る。

「もしもし、美帆？」

「ああ、仲道さんね」

と、女の声。

誰だろう、と治子は思った。聞いたような声だが、何だかろれつの回らない……。

「私よ」

「あ、先生！」

加藤静子なのだ。少し酔っているらしく、話し方が甘ったるくなって、よく分らなかったのである。

「あの――どうも失礼いたしました」

と、治子は言った。

店でのことを言っているのだ。もちろん、本来なら、静子の方が詫《わ》びる立場だが、治子としては、静子の気持も理解できた。

「いいのよ。私もちょっと言い過ぎたわ」

珍しく静子の方も下手に出ている。治子はホッとした。

「美帆さんから連絡は？」

と静子が訊く。

「それが、今日はまだ……」

「そうでしょうね」

静子が意味ありげに笑った。治子は、不安を覚えた。

「先生、何かご存知なんでしょうか？」

「私？　そうよ、知ってるわ。あなたの知らないことをね」

「どういうことでしょうか、それは？」

「私が今、どこにいるか分る？」

静子は、人をなぶっているような、愉《たの》しげな笑い声を上げた。

治子は、ホテルの名を聞いて、驚いた。美帆が泊っていたホテルではないか。

「先生、美帆にお会いになったんですか？」

と、治子は訊いた。

「いいえ。会いたいけど、会えないの。今、警察がやっきになって、美帆さんを捜してるわ」

「――今、警察とおっしゃったんですか？」

「そうよ」

「どうして警察が美帆を？」

「それはね――」

と言いかけて言葉を切ると、静子は、声を上げて笑った。

「先生、どういうことなんですか？」

と、治子は受話器を握り直した。

「教えてあげるわ。美帆さんはね、横領犯人と一緒に逃亡中なのよ」

「何ですって？――今、何ておっしゃいました？」

「まだ警察は美帆さんのことを知らないわ。私が一言言えば、たちまち美帆さんも手配されるでしょうね。犯人が逃げるのを手助けしたんだから」

「横領犯人って――」

「会社のお金を持ち逃げしてる男がいるのよ。二千万円ね。たったの二千万。――でも、これだけ稼ぐのは容易じゃないわ」

「その男と美帆が一緒に?」

「ええ、そうよ。どうしてかは、あなたの方が知ってるでしょ」

――横領犯人。それが「あの人」なのだろうか? そんなことがあり得るだろうか?

「まあ、私は黙っててもいいのよ」

と、静子は言った。「ただ、やっぱりどんな拍子に、ヒョイと口をついて出るかもしれないからね」

治子にも、もちろん静子の言わんとするところは分っている。Mバレエ団のオーディションを受けるのをやめさせろ、というわけだ。さもなければ、警察へ通報する……。

「でも、警察の方が先に美帆さんを見付けるかもしれないからね。そこまでは私には分んないわ。――じゃ、ゆっくり考えてちょうだい」

「先生、あの――」

「私、眠くて。じゃ、これで失礼するわ」

「待って下さい! 先生! ――もしもし! ――もしもし!」

電話は切れていた。

治子は受話器を置いた。——まるで、今の話が、悪い夢のようだ。

しかし、加藤静子の話は事実だろう。でたらめを言って来るわけがない。

横領犯人！——それが本当に美帆の父親だとしたら、美帆が一緒に逃げている、というのも、分らないではない。

美帆なら、やりそうなことだ。

しかし、今、美帆はどこにいるのだろう？

加藤静子が、あのホテルに泊っているのは、美帆たちも、その近くにいるからかもしれない。

治子は少し迷ったが、決心をつけると、すぐに行動に移った。

まず、美帆もよく知っている、古い友人に連絡して、この家へ来ていてもらうことにした。美帆から、連絡があったとき、誰もいないのではまずい。

その友人は、どうせ一人暮しなので、すぐに行くと言ってくれた。

治子は、急いで仕度に取りかかった。自分も、加藤静子が泊っていたホテルへ行こう、というのだ。

今から列車、というわけにいかない。

ハイヤー会社へ電話してみる。——徹夜で走って、朝には着くだろう、というので、すぐに来てもらうことにした。

着替える前に手早くシャワーを浴び、服を着て、それから、ホテルへ電話を入れた。

「――仲道美帆さまですね？――今夜はお泊りになっていませんが」

という返事。

「分りました。明朝着きますので、一部屋、お願いします。仲道治子です。――ええ、そうです」

治子は、ソファに腰を下ろした。

後は、ハイヤーが来たら、それに乗って出かけるだけだ。友人はここの鍵《かぎ》を持っている。

勝手に入っているだろう。

「とんでもないことになったわ……」

ため息と共に、治子は呟《つぶや》いた……。

ため息をついているのは、治子だけではなかった。

といっても、加藤静子は寝息を立てていたのだから、ため息ではない。――ため息をついていたのは、高田《たかだ》尚子《ひさこ》だった。

美帆が入院している病院の看護婦である。篠崎も見た通り、もういい加減年齢がいっていて、美人とも程遠い。

家はずっと山の方の農家で、見合の話もずいぶん来たが、その都度断って来た。それもここ何年かは途絶えて——親の方も諦《あきら》めているらしい。

高田尚子としては、患者の生命を守ることに、崇高な歓びを覚えている——わけでは別になくて、ただ、何となくやめられずにいるのだった。

それに、命にかかわるような重症の患者は、市中の大病院へ送っているから、ここへ来る人は、専ら、遊んでいてすりむいた子供とか、喧嘩《けんか》して、コブを作った酔っ払いの類《たぐい》だった。

こんな退屈な所に、と、よく友だちからも言われた。

その度に、高田尚子は、笑ってはぐらかして来たのだ。

「先生——」

と、高田尚子は、言った。「あの女の子ですけど」

返事がない。——大体見当はついた。

奥の部屋へ入って行くと、医者は、畳の上にひっくり返って寝ていた。

「全くもう……」

と、呟きながら、高田尚子は、押入れから、毛布を出して来て、かけてやった。

ウイスキーのびんが、半分近くも空になっている。——このところ、また量が増えた。

いくら彼女が言っても、聞き入れはしない。寿命を縮めていて——そして、自分自身、縮めたい、と思っているのかもしれなかった。

有沢《ありさわ》医師は、五年前に妻を亡くしていた。不運な事故だった。

町へ出て酔った夫を車で迎えに行く途中、ハンドルを切りそこねて、ブロックの山にぶつけてしまった。そのとき、頭を、どこかにぶつけていたらしい。

しかし、大して痛みもせず、車の方も、幸い少しへこんだくらいだったので、そのまま車を運転して町へ向った。

酔った有沢には、妻の話を聞くだけの余裕もなく、助手席で眠り込んでしまったのだ。

——朝、有沢が目を覚ますと、なぜか車は道端に停ったままで、妻はハンドルに手をかけたまま、ぐったりしていた。

有沢はあわてて、市内の病院へ妻を運んだが手遅れだった。

内出血していて、帰路、気分が悪くなり、車をわきへ寄せて停めたまま、意識を失ったものらしい。——有沢には大きな打撃だった。

医師でありながら、それも外科医なのに、妻が死にかけているのにまるで気付かなかった。

気分が悪くなったとき、おそらく夫を起こそうとしただろうが、夫は泥酔していて、目を覚まさなかった……。

もちろん、有沢の責任が問われたわけではなかったが、それが故に、却《かえ》って有沢は自分を責め続けた。

もちろん、高田尚子は、そのずっと前から有沢医院で働いていた。この事件の後、有沢はしばらく立ち直れなかった。病院も、一か月近く、閉めたままという状態が続いたのだ。有沢を立ち直らせるには、高田尚子が、看護婦という枠を越えて、励ますしかなかったのだ。

そして、有沢はやっと、診療を始めることができたのだった。

しかし、ドラマとは違って、事態はそう一度に好転するわけではなかった。

ここ一年ほど、年齢から来る疲労のせいもあってか、有沢は、また酒の量がふえて来ていた。――高田尚子は、いつもため息をつきながら、しかし、どうすることもできなかった……。

高田尚子は、病室の中へ入って行った。

入院患者などめったにないので、薄汚れた部屋だったが、尚子が神経質なので、いつも掃除はしている。

少女は、ベッドで眠っていた。

額に手を当てると、もう熱は下がっていた。

「――あら」

と、高田尚子は、少女が目を開いたのを見て、言った。

少女は、当惑したように、病室の中を見回した。

「ここは……」

「病院よ。静かに休んでいなさいな」

少女は、大きく息をついた。

「——今、何時ですか？」

「そうね、もうすぐ十二時かしら。夜中のね。気分はどう？」

「ええ……。何だか頭が重いけど——でも、熱っぽくはなくなりました」

「そう。熱は下がったみたいだわ。良かったわね」

「私……どうしてここに？」

「お父さんが運んで来たのよ、トラックで。ちょっとびっくりしちゃったけどね」

「お父さんが……」

と少女は呟いた。

「あの人——お父さんじゃないの？　あんなに心配そうだったからてっきり——」

「ええ、父です。父なんです。ただ——めったに会わないもんですから、何だかピンと来なくて」

「そうなの」

と、尚子は言った。「でも、あなたのことを、そりゃあ心配してたわよ」

「そうですか」

少女は嬉《うれ》しそうだった。——尚子は、こんな、可愛い少女にも、人には分らない苦労があるんだわ、と思った。

「で——父はどこに？」

「さあ。明日、また来るからって、トラックを運転して……。眠るといいわ。明日になれば、お父さんがみえるわよ」

「そうですね」

少女は、少し足を動かした。「——あ、少し痛みがひいたみたい」

「ただの捻挫《ねんざ》よ。レントゲンも撮ってまだ結果は分らないけど、まず心配ないと思うわ。こちらの診療費稼ぎでね」

少女は笑った。何ともあどけない、心の暖まる笑顔だった。

「ええと——名前は美帆さんね」

「そうです」

「きれいな名前ね。バレリーナなんですって？」

「卵ですけど」

「すてきね。ピッタリの名前よ。スターになれるわ、きっと」

少女は、天井を見上げて、

「二、三日で踊れるかしら?」

と言った。

「大丈夫でしょう。無理しなければね。さあ、そのためにも今夜はよく眠って。もう明日はお家へ帰れるわ」

「ありがとうございました」

「こっちは商売よ」

と、尚子は笑って言った。「いつも、あんまり薬を服《の》まないの?」

「ええ、めったに」

「だから、よく効いたのね。いいことよ、それは。もっとも、医者は儲《もう》からないけれどもね」

尚子は病室を出て、ドアを閉めながら、「おやすみ」

と言った。

「おやすみなさい」

少女の声が、最後はドアの向うから聞こえて来た……。

尚子は、風呂《ふろ》の火を点《つ》けた。

沸くまでに三十分はかかる。

六畳一間の部屋に布団を敷き、小さなTVを点ける。少ししけったあられをつまみながら、ぼんやりとTVを眺めた。

——この部屋に、尚子はずっと生活している。有沢の妻が生きている頃からである。

そして、その死後も、有沢がこの部屋へやって来たことはない。

有沢にとって、尚子は看護婦であって、女ではないのだ。時として、それが尚子には胸をしめつけられるほど、寂しかった……。

有沢が、このまま年老いていくのを見ているのは辛《つら》い。何とかして、もう一度やり直せたら。何かきっかけさえあれば……。

このままいけば、有沢は、アル中にでもなって、外科医としてやっていけなくなるかもしれない。そのときはどうなるだろう？

考えただけで、尚子は気が重くなる。——毎夜こうしてTVの前に座ると、何とかならないかしら、と考えるのが、日課のようになってしまった。

でも、いくら考えたところで、どうにもなりはしないのだ。

「——どこかで見たわ」

と、尚子は、自分でも分らない内に呟《つぶや》いていた。

ローカルニュースだ。——まだ逮捕されておりません、か。何をやったの？　二千万円。横領？

「へえ、おとなしそうな顔をしてるのに」

と、尚子は首を振った。

でも、何だか生活に疲れた顔ね。きっとこの人も、何か、今の暮しから抜け出すきっかけが欲しかったんだわ、きっと。

二千万円。──遊んで暮せるほどの額じゃないけど、新しい生活を始めるには充分だわ。どこかへ移って……。

そう、先生と二人で、どこかの町へ行って、小さな病院を開いて……。そんな夢が、いつか現実になることがあるかしら?

尚子は欠伸《あくび》をした。──そのせいだろうか、今、TVに出ていた顔を、思い出したのは。

あの男だ！──あの女の子を運んで来た男だ！

尚子はしばらくポカンとして、TVの画面を見つめていた。もうとっくに、ニュースは変ってしまっていたのに。

ハッと我に返ったのは、玄関のベルが鳴っていたからだった。

「こんな時間に──」

と、立ち上る。

玄関の方へ出て行くと、すりガラスの戸の向うに、人影が見えた。

「どなた?」

と、尚子は声をかけた。

「ちょっと訊《き》きたいことがあるんだ」

男の声だ。

尚子は、鍵《かぎ》を外し、戸を開けた。

作業服姿の男だ。頭に包帯を巻いている。

「治療なら、今は無理ですよ。先生が寝てしまって――」

「そうじゃねえよ」

と、男は言った。「俺はトラックの運転手なんだ。今日、俺のトラックが盗まれてな」

「それが何か？」

「トラックは市内で見付かったけど、盗んだ奴は影も形もねえ。ところが、俺の仲間が、今日、この道を通って、この病院の前に俺のトラックが停ってるのを見たって言うんだ」

「トラックが？」

「ああ。俺がケガでもしたのかと思ったらしくて、よく憶《おぼ》えてたんだよ。どうだい？　トラックでここへ来た奴はいなかったか？」

尚子は、ちょっと考えてから、答えた。

「私は受付にいるから、患者さんが何に乗って来たかまで分らないわ」

「そりゃそうだな」

運転手はひげののびた顎《あご》を手でこすって、「患者で、若い娘が来なかったか？　中年の薄汚ない奴に連れられて」

「患者さんは多いから」

と、尚子は首をかしげた。「どんなけがで？」

「足を挫《くじ》いてたはずだ」

「足を、ね……。そういえば一人、そんな子がいたわね」

「治療したのか？」

「そりゃ、病院ですもの」

「で、その後、どこへ行ったか分らないか？」

「そんなこと、分るわけないでしょう」

と言いかけて、ふと尚子の目が下へ向いた。

玄関の上り口に、あの美帆という子の靴が、そのまま置いてある。

「――こっちはただ、治療しただけよ。それから後のことは知らないわ」

「そうか。――畜生、どこへ行きやがった！」

「その傷はどうしたの？」

「その娘に殴られたんだ。見付けたらただじゃおかねえ！」

運転手はカッカしながら、包帯を押えた。泥靴で美帆の靴を踏みつけている。尚子は、
ハラハラしながら、

「警察へ届けたの？」

と訊いた。

「ん？――ああ、いや、そんなことが分ったら、仲間内で笑われるからな。あんたも黙ってくれ」

「いいわよ」

「じゃ、悪かったな」

と、運転手が出て行きかける。「――また来ると言ってたか？」

「その子？　いいえ。だって、それほどのけがじゃないもの」

と、尚子は言った。

「ふん、そうか。仕方ねえ、よそへ当るか」

運転手が出て行った。――尚子は、体中で息をついた。

あの運転手も、例のお金を狙ってるんだわ、と思った。でなければ、けがまでさせられているのだ。警察へ届けないわけがない。

そうだわ、靴を！――尚子は、サンダルをはくと、美帆の靴を取り上げ、運転手の靴に踏まれてついた泥を手で払った。

いきなり玄関の戸が開いて、尚子は、

「キャッ！」

と声を上げた。

「ごめんよ」

あの運転手が、また顔を出した。「そんなにびっくりしなくてもいいじゃねえか」

「だって……。まだ何か用なの？」

尚子は、美帆の靴を手にしたままで、その手を背中へ回していた。

「ちょっと包帯がずれて来ちまったのさ。こいつを直してくれねえかな」

「そう言われても——先生がもうお休みになってるから」

「薬はいいんだ。包帯だけさ」

あんまり断わるのもまずいかな、と尚子は思った。

「いいわ。じゃ、上って」

「すまねえな」

運転手は靴をぬいで上り込む。尚子は、美帆の靴をそっと下へ落とした。

そこへ——有沢医師が、寝ぼけた顔でフラリと出て来た。

「どうした？」

「あの——先生はやすんでいらして下さい。この人、ただ包帯を取り換えるだけなんですから」

と、尚子はあわてて言った。

「そうか」

有沢は肯《うなず》いて、「——あの女の子はどうした？　熱はもう下がったかい？」

と言った。

「女の子だって？」

運転手が、有沢の方へ近寄って行った。

「その女の子ってのは、何だい？」

尚子は、息をつめて、立ちすくんでいた……。

16

「患者のことだよ」

と、有沢は呑気《のんき》に言った。「けがも診てやろうか？　どこで治療したんだ、ひどい包帯の仕方だな」

「おい返事をしろ！」

と、運転手が有沢へ詰め寄る。

「女の子さ。——昼間かつぎ込まれて来たんだ」

「足を捻挫《ねんざ》してるか？」

「ああ、そうだ。知り合いか？」

運転手は、尚子の方を振り向いた。

「ああ。よーく知ってるぜ」

尚子は、目を伏せた。

「診察室へ来い。傷を消毒してやろう」

有沢は欠伸《あくび》をしながら、診察室へ入って行く。

運転手は、尚子の方へ戻って来ると、ニヤリと笑った。

「そういうことか」

「——何よ」

と、尚子は見返した。「あんたはあの男のお金に用があるんでしょ」

「そうとも。お前さんと同じさ」

尚子は黙っていた。

「——おい、何やってるんだ」

と有沢の声がした。

「じゃ、一つ治療してもらうかな」

運転手は頭にちょっと触って、「それにしても、あの娘にもちょいとお返しをさせてもらわなきゃ合わないぜ。こんな目にあわされてよ」

「自業自得よ」

と、尚子は言った。

「おい、いい気になるなよ」

運転手は尚子の胸ぐらをぐいとつかむと、低い声で凄《すご》んだ。「お前も人のことをあれこれ言えたもんじゃねえだろう。おとなしくしてろ」

「——どうするつもりなの？」

少し青ざめながら、尚子は、何とか相手を見返していた。

「待たせていただくさ。あの娘がここにいりゃ、あいつもやって来る。そうだろう？」

運転手はフフ、と笑って、診察室へ入って行った。

尚子は、力が抜けて、上り口に座り込んでしまった。

これから一体どうなるんだろう？

あのお金。二千万円があれば、新しい生活が始められるかもしれない。

ニュースを見て、あの男のことを知ったとき、尚子はそこまで考えていたわけではない。しかし、今、あの運転手が現われたことで、却《かえ》って尚子に欲が出て来た。

このまま、あの運転手が待ち構えているところへ、男がノコノコやって来れば、二千万円が奪われるのは目に見えている。

どうせ誰かが手に入れるのなら、私がその「誰か」だって、構わないじゃないの。——

尚子はそう思った。

それには、あの運転手を何とかしなくてはならない。

「おい、痛《いて》えよ！　もうちっと穏やかにやってくれ！」

と、文句を言う声が聞こえて来る。

「少しは我慢しろ。しみる方が良く効くんだ」

「効くのはアルコールだけで沢山だ！」

と、運転手が言い返す。

そう。——あの男さえ何とかできたら……。

尚子は立ち上って、診察室の中を覗《のぞ》いた。

包帯をすっかり取って、有沢が薬をつけ直している。

「まるで素人《しろうと》だな、この医者は。獣医の所にでも行ったんじゃないのか？」

何も知らない有沢は呑気なことを言っている。

尚子は、美帆のいる病室の方へと、足音を忍ばせて歩いて行った。

ドアを開けようとすると、少しきしんだ。ヒヤリとしたが、診察室の方では、まだ運転手が、

「痛えぞ、このヤブ医者！」

と騒いでいる。

大丈夫だ。——尚子は胸を撫《な》でおろした。

美帆は静かな寝息をたてている。尚子が軽く揺すると、深く息をして、それから目を開いた。

「しっ！」

と、尚子は美帆の唇を指で押えた。「あなたたちを追いかけてるトラックの運転手が来てるわ」

美帆がベッドに起き上った。

「私がいることを——」

「先生が何も知らないでしゃべっちゃったの。でも、運転手の方は、けがを治療してるから、今は大丈夫」

「でも、そんなに長くは——」

「そうよ。服を着て。歩ける？」

美帆は、ベッドから降り立って、

「大丈夫です」

と、囁《ささや》くように言った。

「じゃ、早く着替えて。——すぐやって来るわ」

美帆は、手早く服を着た。

緊張しているせいもあっただろうが、もう熱もすっかりひいて、足の痛みもあまり感じなかった。

「窓を開けておくわ」

尚子はその間に、病室の窓を開けた。「ここから逃げたように見せるの。——いい？じゃ、待ってて」

尚子はそっとドアを開け、様子をうかがった。診察室の方からは、

「これで金を取るのか？　暴力バーよりひでえぞ！」

と、運転手の声がする。

「大丈夫よ。さ、こっちへ——」

尚子が、美帆を促した。

尚子は、自分の部屋へと美帆を連れて行くと、

「ここに隠れているといいわ」

「ここに？」

美帆は驚いて、「でも、見付かったら——」

「大丈夫よ。窓から外へ逃げたと思うわ。押入れに入って。早く！」

美帆は、押入れの中へ、身を折り曲げるようにして、入った。尚子は戸を閉めて、息をついた。

急いで診察室の方へと戻る。

「——ああ、ひどい目に遭ったぜ」

運転手が真新しい包帯をして出て来た。

「うるさい患者だ。割増料金を取ろう」

と、有沢が手を拭《ふ》きながら出て来る。

「ところで、例の入院してる娘に会いたいんだがね」

「勝手に覗け。その奥のドアだ」

運転手が、大股《おおまた》に歩いて行って、ドアをぐいと開ける。——明りが点《つ》いた。

「おい、そんな乱暴なことをして、患者が目を覚ましたら——」

と有沢が言いかけると、運転手が血相を変えて出て来た。

「おい！　あいつを逃がしたな！」

といきなり尚子を突き飛ばす。

尚子は引っくり返った。有沢が驚いて、

「おい！　何をするんだ！」

と怒鳴った。

「うるせえ！　黙ってろ！」

運転手が玄関の戸をぶち破らんばかりの勢いで飛び出して行った。

「大丈夫か？」

有沢が、尚子をかかえるようにして起こす。

「ええ。――ちょっと腰を打ちましたけど大したことは――」

「何だ、あいつは！」

「先生――」

尚子は、有沢の腕をつかんだ。「聞いて下さい。あの入院させた女の子を連れて来た男、憶《おぼ》えてますね」

「ああ」

「二千万円盗んで、逃げてる犯人なんです」

「何だと？」

有沢が目を丸くした。

「あの運転手も、それが目当てでここへ来たんですわ。あの男の人が、お金を持って、明日ここへやって来たら、あの運転手に横盗りされます」

「何てことだ！――そんな風には見えなかったぞ」

「でも、TVのニュースで見たんです。きっと新聞にも――」

有沢は、待合室に、めちゃくちゃに積んである新聞を引っつかんで広げた。

「これだ。――篠崎、というのか。しかし、若い愛人と逃亡中とあるぞ」

「でも、その人に間違いありませんわ」

「なるほど……。えらい患者を引き受けたもんだ」

有沢は、すっかり酔いもさめてしまったようだ。

「私、考えたんです、先生――」

と、尚子が言いかけたとき、運転手が戻って来た。

「――おい、やってくれるじゃないか」

と上り込む。「あの娘をどこへやった？」

「知らないわよ。あんたがあんな大声出すから、気が付いて逃げたんでしょ」

「そうかい」

運転手はニヤリと笑った。「あの窓の下は柔らかい土でな。そのくせ、足跡一つなかったぜ」

運転手が、奥へと入って行く。「――この部屋は？」

「そこは私の……」

「そうかい」

尚子は青ざめた。

「待って！　そんな所に――」

運転手が尚子の部屋に入る。

「頭の単純な奴のやることは単純さ。どうせ押入れあたりだろう」

ガラリと押入れの戸を開ける。

篠崎は、人の気配で目を開いた。

すぐに起きてはいけない、と、直感が教えている。――危険が迫っているのだ。

暗い部屋。ここはどこだったろう？

そうか。俺はホテルに泊ってるんだった。ドアがカチリと音をたてる。

誰かが、そっと入って来て、ドアを閉めたのだった。

疲れ切った体で、良く目が覚めたものだ、と我ながら驚いた。しかし、そんなものなのかもしれない。

体は休んでいても、神経は、まだ張りつめた状態から完全には脱《ぬ》け出していなかったのだろう。

これでいいんだ。――今は、ともかく、呼吸を乱さないようにする。

同じテンポで、同じリズムで呼吸をするのだ。目を覚ましたことを悟られないように……。

バスルームの明りを、点けたまま寝たらしい。ドアの下から、光が洩《も》れていて、室内に、わずかながら視界を提供している。

薄く目を開けていると、次第に、人影が見えて来た。

一人——いや二人だ。

「声を出すなよ」

と、囁《ささや》くような声が聞こえた。

ハアハアと喘《あえ》ぐような息づかいは——あの子だ！

白い影は、美帆だった。後ろから、美帆の体を左手でかかえ込むようにして押えているのは……。あの声。——トラックの運転手だった。

美帆を見付けたのか。

「そっと近くへ行くんだ」

と、運転手が低い声で言った。「声を上げると命がねえぞ」

ほの白い光が、美帆の首筋に走っていた。

——ナイフだ。美帆の首にピタリと吸いついている。

篠崎は、全身がカッと熱くなるのが分った。——怒りと、緊張のためである。

あんな女の子を、しかも具合が悪くて入院している女の子を人質にして来るとは、何と卑怯《ひきよう》な奴だ！

しかし、ここでカッとなって飛びかかったりすれば、美帆の命が危い。——何とかして、彼女を傷つけずに助けたい。

そう。あの子には、大事なオーディションが待っているのだ。その夢を、俺のためにぶち壊してなるものか。

篠崎は、待った。少しずつ、相手は近づいて来る。

向うはどう出て来るだろう？　いきなり刺すか。そんなことはあるまい。

刺すにも美帆が邪魔になるはずだ。

そのときがチャンスだろう。もっとも、その前に、美帆をわきへどかすことがあれば……

…。

「おい」

と、運転手が、低い声で言った。「お前が起こせ」

「え……」

「そっと、ごく当り前に起こすんだ。いいか？」

美帆が、全身を震わせている。可哀そうに、きっと助けてやるからな。

「さあ、早くしろ」

運転手が、ナイフをおろした。

よし、これなら。何とかいけるぞ。さあ来い。

篠崎は、体に力が漲《みなぎ》って来るのを感じた。——信じられないような思いだ。青年時代だって、こんなに疲れ切っていながら、力が再び湧き出て来たことはなかった。

美帆が、そっと身をかがめて来る。

そうだ。――もう少し近くへおいで。

美帆が、手をのばして、震える指先で、篠崎の肩へ触れようとした。

篠崎は、左手で、美帆の手をつかむと、ぐいと引張った。美帆がベッドへと倒れ込む、入れ違いに篠崎ははね起きると、右手で、大きな枕をつかんでいた。

エイッとその枕を、一瞬棒だちになった運転手の顔へと叩《たた》きつけた。運転手が思わずたじろぐ。

篠崎は右の拳《こぶし》を固めると、力一杯、相手の腹へと叩き込んだ。呻《うめ》き声が洩れて、体を折る。ナイフが床に落ちた。

もう一度、右の拳をぐっと後ろへ引くと、同時に、左手で、相手の胸ぐらをつかみ、持ち上げる。確かな目標へ向って、体重をかけた拳が飛んだ。

ガッと手応《てごた》えがあって、運転手の体は、部屋の壁まで吹っ飛んだ。

篠崎はベッドのわきのスイッチで、部屋の明りを点《つ》けた。運転手は、壁ぎわに座り込んで、必死に立ち上ろうとしていた。

篠崎はナイフを拾うと、ベッドの向うへ投げ捨てた。

「この野郎！」

運転手が突っ込んで来るのを、素早くよけて、わきから足を払う。床へどっと倒れるところへ、上からのしかかって、腕をねじ上げた。

「痛い！　やめてくれ！」

と、運転手が悲鳴を上げる。

「か弱い女の子を人質に取るとは何だ！　こいつ！」

「勘弁してくれ！──許してくれ！」

「許すもんか！　こいつ！　こいつ！」

こいつ！　こいつ！……と、篠崎は、毛布のかたまりを必死でねじっていて、目を覚ました。

「──何だ」

夢か。──起き上ると、ひどく汗をかいていた。

「夢で暴れたら、疲れちまったな」

と、頭を振る。

それにしてもいやな夢だ。

やたら、自分がカッコいいところを見せていたが、現実にあんなことになるはずがない。何しろ、生れてこの方、喧嘩《けんか》というものをしたこともない。勝つはずがない、と分っていたからである。

しかし、それより気になったのは、美帆が人質になって夢に出て来たことである。

「何かあったのかな」

と、暗がりの中で、篠崎は呟《つぶや》いた。

いや、あの医者の話では、大したことはないということだった。熱だって、風邪のせいだというし。

まさか容態が急に変って、ということはあるまい。

「何かありゃ、連絡して来るさ」

と、呟いて、篠崎はトイレに立った。

顔を洗ってから、ふと気が付いた。ここに泊っていることなど、誰も知らないのだ。病院の方でも、どこへ連絡すればいいか、知らない。

篠崎は、明りを点け、ベッドに腰をかけた。

まさか——とは思うが、あの医者も、どう見ても名医には見えなかったし、誤診ということもあるだろう。

立ち上って、上衣のポケットを探る。——くたびれていて、よく憶えていないが、確かあの病院の電話は、メモして来たような気がする。

それとも、あれも夢かな？

いや——あった！　あったぞ。

時計を見ると、午前二時だったが、ためらわず電話へ手をのばした。向うが迷惑がって怒ろうが、構うもんか！

待つ時間が長い。――しかし、鳴り出すと、びっくりするほどすぐに向うが出た。

「はい、有沢医院です」

あの看護婦だろう。

「あの、昼間、うかがった者です。娘を入院させた――」

「まあ！」

なぜか、びっくりした様子だ。

「あの――娘の具合はいかがでしょう？　その後変りは――」

「あの、ちょっとお待ち下さい」

と、遮られた。

篠崎は、不安に捉《とら》えられた。このあわてぶりは、何かあったからだろうか？

少し間があって、

「もしもし」

と、看護婦が出た。「あの――できれば、すぐ来ていただきたいんですが」

「何かあったんですか！」

篠崎は青ざめた。

「実は――ちょっと熱が高くて、急性肺炎を起こしたらしいんです」

「何ですって？」

「あの——命にかかわるようなことはないと思うんですけど、一応、来ていただけるとありがたいんですが」

「すぐに行きます」

篠崎は、電話を切ると、急いで仕度をした。——ちょっと迷ったが、何がどうなるか分らない。鞄《かばん》も持って行くことにした。

頑張れよ！　何としても助けてやるからな！

篠崎は部屋を飛び出した。キーも何もそのままである。

エレベーターの下りが来たところだった。篠崎は、乗り込んで、一階のボタンを押した。

「早く着け！　急行はないのか！」

と、無茶を言っている。

篠崎の乗ったエレベーターが一階に着くころ、七階で、隣のエレベーターの扉が開いていた。

「——本当に私の名前は出ないんでしょうね」

フロントの男は、真っ青になっていた。

「大丈夫さ」

と、妹尾が言った。「その代り、そっちも口をつぐんでるんだぜ。指名手配中の犯人が、フロントへやって来て気が付かなかった、となりゃ、それこそクビが飛ぶからな」

「分ってますよ」

フロントの男は、マスターキーを震える手に持っていた。

「チェーンがかけてあったら？」

と、久井が訊《き》いた。

「そのときは、この男に何か用があるとでも言わせるさ」

ドアの前で、三人は足を止めた。

「さあ、開けろよ」

妹尾の目はギラつくような光を放っていた。

久井は、少し退《さ》がって、暗い目つきで、マスターキーが鍵穴《かぎあな》へ差し込まれるのを眺めていた……。

17

美帆は、病院の近くから、離れることができなかった。

押入れは、窮屈だったし、隠れ場所としても、あまりいい所とは思えなかった。それに、万一見付かったとき、あの運転手が、この病院に迷惑をかけるかもしれない、と思ったのである。

一旦《いったん》病室へ戻り、窓から出ようとして、あの運転手がやって来たので、あわててベッドの下へ潜り込んだ。

幸い、運転手はすぐに外へ出て行き、また中へ戻って来た。そこを狙って、本当に窓から抜け出したのだ。

——あのあと、病院の中はどうなったのだろう?

外からは、全く様子が分らない。ともかく、まだトラックは停ったままである。

心配が、いくつかあった。

一つは、あの運転手が、また外へ捜しに出て来るかもしれない、ということだ。

もう一つは、何も知らずに、篠崎がノコノコとやって来ることだった。

あの運転手にとっては、篠崎の持っている二千万が目的のはずだ。あそこで待っていれば、必ず篠崎はやって来ると思っているに違いない。

何とか連絡したいが、篠崎が、どこで夜を過ごしていることやら、見当もつかない。

美帆は、ため息をついた。

しかし、ともかく、今夜はやって来ないはずだ。となると、病院から少し離れている方がいいかもしれない。

美帆は、そっと通りの左右を見回して、人がいないのを確かめて歩き出した。

どこへ行くというあてはない。ただ、座っていられるぐらいの場所でもあればよかったのだ。

少し行くと、学校があった。小学校だ。

門は古くて、一応閉っているが、すき間があって、楽に美帆は通り抜けられる。

校庭が広がっていて、その向うに、古めかしい校舎があった。

東京で、今どきこんな造りの校舎を捜しても、まず見付からないだろうな、と思った。

しかし、どちらかといえば、美帆は、真新しいコンクリートの校舎よりは、こういう木造の、今にも壊れそうな校舎の方が好きだ。

何となく、人のいる場所、という感じがする。

校庭をぶらぶら歩いて行く。――もう足首の痛みは、ほとんどおさまっていた。あんな騒ぎがあったので、どこかへ飛んで行ってしまったのかもしれない。

体育館があった。――校舎の方よりは多少新しいが、といって「近代的」とは、とても呼べない。

戸が、閉らないのか、少し開いたままになっている。少し押すと、ガタピシいいながら、細く開いた。

「ここで休もう」

と、美帆は呟《つぶや》いた。

もちろん、中は暗い。しかし、高い所に窓があって、月明りが、ゆるく射し込んでいた。

美帆は、中へ数歩入って、立ち止った。

広がりを感じる、空間。吸い込まれそうな広がり。

まるで、舞台へ出るときみたいだ、と思った。

そういえば、月光がほの白く照らす、広い板張りの床は、まるで舞台のようだ。淡い月の光の下で踊る妖精《ようせい》。

「〈ジゼル〉みたいね」

と、美帆は言った。

まだ無理してはいけない、と思いつつ、つい、体の方が動いてしまう。

美帆は軽く跳んでみた。トン、と小気味いい音をたてて、床が鳴る。

いかにも軽やかに見えるが、この瞬間、足首には、凄《すご》い力がかかっている。

大丈夫。体は揺るがなかった。

美帆はゆっくりと足を上げ、クルリと回った。――うん。そう鈍ってない。

美帆は、次第に我を忘れて来た。

踊り始めるといつもそうだ。――今度、オーディションで踊るつもりの、〈タイスの瞑《めい》想《そう》曲〉。

その振付けが、ごく自然に、体でき上って行く。

頭の中で、ソロヴァイオリンが、少し物憂い旋律を奏でると、美帆は、それに合わせて、踊った。

ここでアティチュード、デヴロッペ。そして——グラン・ジュッテ！　跳んで！

曲がゆるやかなだけに、動きは、静かな激しさが必要だ。

力と情熱を内に秘めた、滑らかな動き。

どうしたのかしら？　こんなに軽やかに踊れるなんて。

足首を痛めたことなんて、もうまるで関係ないみたい。

さあ、クライマックス、ここが問題よ！

——ピタリ、と美帆は足を止めた。

静けさを引き裂くように、パトカーのサイレンが近付いて来たのだ。

現実が戻って来た。——パトカーは、ごく近くで停った。

あの病院か？——もしかしたら、篠崎が……。

美帆は駆け出した。

病院の前に、赤い灯が見えた。美帆は、胸をしめつけられるような気がした。

やはり、篠崎がやって来たのだろうか？

もう一つのサイレンが近付いて来た。——救急車だ。

近所から、パジャマ姿の人々が出て来て集まっている。美帆は、その後ろから、様子を見ていた。

警官たちが中へ入って行く。そして？　救急車からは、担架が運び込まれる。

「どうしたの？」

「何かしらね」

と、集まった人々が口々に言い合っていた。

しばらくは、何も分らなかった。

中は明りがついていて、人影がチラチラと動くのが窓に映っていたが、それだけだ。美帆は、気が気ではなかった。

途方もなく長い時間だった。

「出て来たわ」

と誰かが言った。

担架が運ばれて来る。

「血がついてる！」

と叫ぶような声。

赤いライトが、担架の上の顔を照らし出した。——トラックの運転手だった。

「死んでるの？」

「ねえ、どうかしら」

と、言い合う声。

いずれにしても、運転手は目を閉じたまま、口を開きそうにもなかった。

救急車が先に走り去ると、集まった人々は恐る恐る病院の方へ近付いて行った。

「だめだよ、あっちへ行って」

と、警官が押し戻す。

「どうしたの？」

「ねえ、教えて」

と子供がせがんだ。

「いいから退《さ》がって」

と警官が苛々《いらいら》した調子で言った。

病院の玄関の戸が開いた――有沢医師が、二人の警官に両側から腕を取られて、出て来た。

「ええ？ 先生が？」

と声が上る。

「どいて！」

と、声を荒げて、警官は、パトカーに有沢を乗せた。

　そのパトカーが走り去ると、病院の方へ、美帆は目をやった。

　あの看護婦が、玄関の所に立っている。放心したような表情だ。

　美帆は、そっと人から離れて、玄関のわきへと回って行った。

「あの――」

　と声をかけると、看護婦が美帆を見た。

「まあ。――どこにいたの」

「すみません。ご迷惑かけたくなかったから、黙って外へ出てしまって」

「そう。良かったのよ、それで。すぐ見付かるところだったわ」

「何が……あったんですか」

　看護婦は、深々と息をついた。

「私のせいで……先生があんなことに……」

「あの運転手、どうしたんですか」

「私が刺したのよ」

　美帆は、息を呑《の》んだ。

「――私、お金が欲しかったの。あなたと一緒だった人の持っている二千万円が。でも、このままじゃ、あの男に取られると思って……。どうかしていたんだわ。メスで刺してしまったのよ」

「でも――先生は、自分がやったことにするとおっしゃって……。どうしてもそうする、と……」

美帆は何とも言えなかった。

看護婦は首を振った。「先生を救うつもりで、あのお金が欲しかったのに」

美帆は、戸惑って立っていた。

看護婦はハッとしたように、顔を上げて言った。

「いけないわ。ここへ、あの人が来るわ」

「え？」

「もう着くころよ。警官に見られたら、おしまいだわ。何とかして止めてちょうだい」

警官がやって来た。

「中へ入ってなさい。――その子は？」

「いいえ。近所の子です」

と看護婦は言った。「もう家へ帰りなさい」

美帆は、その場を離れた。

篠崎が来る！　しかし、どこで止められるだろうか？

どこから、どうやって来るかも分らないというのに……。

美帆は、病院の前の野次馬たちの中へ入って、様子を見ていた。

どんどん警官たちの姿はふえて来ていた。他に、新聞社らしいカメラマンや、TVのカメラをかついだ人々もやって来た。

あたりは、その照明で、昼間のように明るく照らし出された。

ここへ、篠崎がやって来たら、それこそ、自分から刑務所の戸を叩《たた》くようなものだ。美帆は唇をかみしめた。まず、真っ先に自分が見付ければいいのだ。

しかし、どこからやって来るのだろう？　車で？――もしそうなら、道のどっち側から来るのか。

美帆は、人だかりから少し退がって、道の遠くを見通せる位置に立った。

だが、とても見分けられるものではなかった。報道関係者の車が次々にやって来るし、この道をただ通り抜けようとする車もある。

夜中のことである。すぐ目の前を通らなければ、とても中を覗《のぞ》くことなどできないのだ。

額に汗が浮いた。――あれかしら？　タクシーだわ。

美帆は駆け寄って中を覗いた。違う！

反対側からトラックがやって来る。あれに同乗しているかもしれない。

美帆は走った。ステップに足をかける。

「――何だい、乗っけてやろうか」

と運転手が、美帆を見て言った。「俺の方が乗っかってやってもいいぜ」

と笑う。

「失礼しました」

美帆はストンと降りて、また走り出した。次から次へ、何台の車に向って走っただろう？

汗が体中から吹き出た。——ああ、どうせなら、警察が行ってしまうまで、来てくれなければいいのに！

車が一台、走って来てスピードを落とした。

あれは通り抜けようとしているらしい。でも、万一ということがある。

美帆は、そのライトに向って、走って行った。ドアが開いて、誰かが飛び出して来た。

「——美帆！」

「お母さん！」

美帆は目を疑った。

「どうしたの？　こんな所で何をしてるの？」

「お母さん……。でも、どうして……」

「あなたが、何だか横領犯人と逃げてるんだって先生が——」

「お母さん、待って」

美帆は喘《あえ》ぎながら、「今は説明してる暇がないの」

「だけど——」

「お願い。もう少し待って。あの人が——ここへ来るのを止めないと」

「あの人？」

と治子は訊《き》き直した。

「ええ、そうよ。あの人よ」

「その人が、あなたを……」

「お母さん！」

美帆は母親の腕をつかんで、「ともかく、待って。今は、あの人を見付けるのが先なの」

「美帆、待ちなさい！」

と、治子は、美帆の手をつかんで、「あなたは、何をしてるか分ってるの？」

美帆は、母親を真直ぐに見つめた。

「ええ。良く分ってるわ」

「先生は、あなたがもしオーディションを受けるんだったら、このことを警察へ知らせると言ってるわ」

「先生が？」

美帆は目を見開いた。

「そうよ。何も知らないことにしなさい。早く、ここから一緒に帰りましょう。そうすれば——」

「できないわ！」

と美帆は激しく頭を振った。

「そんな——お金を盗むような人が、あなたのお父さんだと言うの？」

美帆は、顔をそむけた。

「美帆。——それはきっと何かの間違いだわ。もし、本当にその人だとしても、あなたがそこまですることはないわ」

「お母さんには分らないのよ！」

「聞きなさい！　あのオーディションには、あなたの将来がかかってるのよ」

「私の先は長いわ」

と美帆は、息を弾ませながら言った。「でもあの人はそうじゃない。逃げたって、どうせすぐに捕まるわ。そしたらもう——ずっとずっと年齢を取るまで、出て来られないでしょう。あの人には、もう時間がないのよ」

治子は、少し間を置いて、

「美帆。その人と一緒に逃げたって、本当なの？」

と訊いた。

「ええ」

「でも、本当にその人が、あなたの父親なら、あなたをそんなことに巻き込もうとはしないんじゃない？」

美帆は、体の力をふっと抜いた。

「——ねえ、美帆。それは何かの間違いだわ。ずっとあなたにお金を送って来てくれた人が、お金を盗んで、逃げるのにあなたを引張って歩くなんて……」

「お母さん——」

「その人は、あなたのことを知ってる、って言ったの？」

美帆は、首を振った。

「そうでしょう。あなたも事情は説明したの？」

「いいえ」

「いいえ」

「どうして！——話せば人違いだと分ったかもしれないじゃないの！」

「お母さん、聞いて」

美帆は治子の手を取った。「——お母さんは、私の本当のお母さんじゃないわ。でも、もし、私を生んだ人が現われて、どっちがお母さんかと訊かれたら、私は、迷わずにお母さんの方を選ぶ。——ねえ、そうでしょう。親かどうかなんて、そんなこと、どうでもいいんだわ」

「美帆……」

「その人が、私に、親らしいことをしてくれるかどうかじゃない？　そうでしょう？」

美帆は、ちょっと肩をすくめて、「そう、確かに、あの人、私の捜してた人じゃないかもしれない。でも、捕まる危険を冒して、私が危いと聞けば、飛んで来てくれるのよ。何の縁もない人なら、なおさら、そんなことって考えられる？」

治子は、しばらくじっと美帆を見つめていたが、やがて、美帆の手を離して言った。

「──あなたは、頑固ね」

「お母さんの育て方のせいよ」

「何ですか」

と、治子は苦笑した。

「ともかく、今、その人がこっちへ向ってるの。ここへ来たらおしまいだわ。警察はみんな顔を知ってるんだもの」

「でも、あなたの力じゃどうしようもないでしょう」

「できることはやってあげたいの」

「それなら止めないわ。──どんな人なの？」

「冴《さ》えない中年。その一言よ」

「大切な人にしちゃ、厳しいのね」

と、治子は首を振った。

人々がざわついた。美帆がハッとする。

病院の玄関が開いて、刑事たちが出て来たのだ。

あの看護婦も、事情を聞かれるのだろう、服を着替えて、出て来た。

美帆は、人々の後ろから、その様子を見ていた。

そのとき、一台のタクシーが、病院の手前に停った。

タクシーから、あの病院の前が、パトカーや人で埋っているのを見た篠崎は、一瞬、顔から血の気がひいた。

あれはただごとではない！

何があったんだ！　美帆に、何かがあったとしたら……。

「つりはいらない」

篠崎は一万円札を運転手に渡して、ドアを開け、外へ飛び出した。

玄関を出た看護婦が、ふと横を向いて、走って来る篠崎に気付いた。

美帆は、看護婦がハッとするのを見た。その方向へ視線を走らす。

篠崎が走って来る。美帆は人の間をかき分けて進もうとした。だめ！　戻って！　戻って!

そのとき、突然、看護婦が、ワァーッと叫び声を上げて、刑事を突き飛ばし、篠崎がいるのとは逆の方向へ駆け出した。不意を食らって、刑事が引っくり返る。

警官たちも、一瞬、呆然《ぼうぜん》としていた。

「追いかけろ!」

と一人が叫んだ。

警官たちが一斉に、看護婦を追って駆け出した。——看護婦は、取り囲んだ野次馬たちの中へ突っ込んで行った。

大混乱になった。野次馬と警官、それに駆けつけたカメラマンたちが、入り乱れた。

——篠崎は何が起ったか分らず、ポカンとして立っていた。

いきなり腕をつかまれて、ギョッとする。美帆だった。

「どうしたんだ! 大丈夫か!」

「ええ、大丈夫よ、私は。早く! 早く逃げないと——」

「しかし——」

「あの人は、あなたを逃がそうとしたのよ。さあ、早く!」

美帆は、篠崎の手を引張った。

看護婦は、刑事に両腕を取られて、激しく息をつきながら、叫ぶように言った。

「私が殺したのよ。先生じゃない。私があの男を刺したのよ！」

フラッシュが光り、ライトが浴びせられる。

美帆は、その混乱を迂回《うかい》するように、篠崎の手を引いて行った。

「美帆――」

治子が駆けて来て、足を止めた。

「お母さん、この人よ」

治子は素早く、人ごみの方へ目をやった。もう混乱はおさまりつつある。

「私の乗って来たハイヤーを」

と治子は言った。「東京の車だから、きっと知られていないから大丈夫」

篠崎は、ただ呆気《あっけ》に取られているばかり。

「こっちへ来て！」

美帆が、ハイヤーの方へと篠崎を連れて行く。

「すみません、その人を東京へ送って下さい」

と、治子が運転手へ言った。「私はここで降りますから」

「かしこまりました」

運転手がドアを開けて待つ。

篠崎は戸惑って、

「あの人は？」

と訊《き》いた。

「母よ」

「君のお母さん？」

「ええ。——さあ、早く乗って。好きな所まで行って降りてちょうだい」

「君は？」

「私は母と帰るから」

美帆は、篠崎の手を握った。「私があなたと一緒だったこと、知られてるらしいわ。だから、もうここで……。気を付けて行って」

篠崎は、愕然《がくぜん》とした様子で、突っ立っていた。美帆は、篠崎を車の中へ、押し込んだ。

ドアを閉めようとする、美帆の手を、篠崎がつかんだ。

篠崎が言った。

「オーディション、頑張ってくれよ」

美帆は微笑んだ。

「ありがとう。——お父さん」

ドアをバタンと閉める。

美帆は、母の方へと歩き出した。車に背を向けていた。

ハイヤーはUターンして、ゆっくりと走り出した。その音が遠去かって行く。

治子が、美帆を抱いてやろうと手をのばした。

でも、美帆は、母の手前で足を止めた。目に、ほんの少し涙があったが、それはこぼれては来なかった。

真直ぐに母を見て、微笑んだ。そして言った。

「ただいま、お母さん」

18

治子は、美帆の部屋のドアを開けて、

「美帆、仕度は？」

と声をかけた。

「うん、ちょっと待って」

美帆は、ヘアバンドで、額を出して、髪をとめると、「おかしくない？」

と訊いた。

「いいわよ」

「じゃ、行こうか」

美帆はバッグを持った。軽い。

「足首はどう？」

「何ともないわ。却《かえ》って調子いいみたい」

とスキップして見せる。

「気を付けて。——車に乗り降りするときもね」

「子供じゃあるまいし」

と美帆は笑った。

「そろそろ出かけましょ。タクシーを呼んだから、もう来る頃だわ」

美帆は、玄関へ行って靴をはきながら、

「ねえ」

「なあに？」

「先生から電話あった？」

「いいえ」

「そう。——今日、来てるかなあ」

「まさか」

「分んないわよ。あの先生、執念深いもの」

治子は、ちょっと笑みを浮かべて、

「先生は先生で大変なのよ。分ってあげなきゃ」

と言った。

「でも卑怯《ひきよう》だわ」

美帆はドアを開けた。「――いいお天気ね！」

青空が、無限のかなたへ広がっているような日だった。

暖い陽光の下へ、美帆は出て行った。

ステージのライトの下へ出て行くように。

「あんまり固くならないのよ。いつもの通りにね」

「分ってるわ。お母さんの方が、よっぽど青い顔してる」

「冷やかすんじゃないの」

と、治子は笑った。「ほら、タクシーが来たわ」

二人がタクシーに乗り込む。タクシーが走り出したとき、家の中で電話が鳴り出していた。

「――もう出ちゃったようね」

加藤静子は、受話器を置いた。

「もう諦《あきら》めたら？」

　と、久井がグラスを揺らしながら、言った。

「昼間からウイスキー？」

「いいでしょ。叔母《おば》さんも飲んだら？」

「いらないわ」

　静子はソファに座った。「――あの生意気な子！」

「未練がましいね。もしこれで、何とか引き止めたって、ギクシャクして、うまく行きっこないじゃないか」

「分ったようなこと言わないでよ」

　と、静子は甥《おい》をにらんだ。「もう少しで取り戻せるところだったのに」

「仕方ないよ。運ってものさ」

　静子は立ち上った。

「行くわ。あんたも来なさい」

「どこへ？」

「オーディションの会場よ」

「ええ？　しつこいんだな」

　と、久井は呆《あき》れたように言った。

「こうなったらね。――意地よ、こっちだって」

静子はバッグを引っつかんだ。

久井と静子は、会場の前でタクシーを降りた。

「こんなホールでやるの？」

久井はモダンな建物を見上げて、目を見張った。「さすがに凄《すご》いね、大きい所は」

「うちとは違うと言いたいんでしょ。早く来なさい」

オーディションだから、非公開なのだが、結構関係者らしい人間が出入りしている。

久井たちがロビーへ入って行っても、別に誰も止めようともしなかった。

「こういうホールの方が舞台が広いからね」

と静子は言った。「もうあの子たちは着いてるでしょ」

「どうするのさ？」

「あんたは黙ってなさい」

久井は肩をすくめた。——好きにしてくれ。付き合いきれないよ。

まだ酔いがさめていない。久井は、手洗いのマークを捜して、ロビーを横切って行こうとした。

いきなり、ぐいと肩をつかまれ、びっくりして振り向くと、妹尾の顔があった。

「何してるんですか、こんな所で！」

久井は呆れて言った。「まだ僕を追い回してるんですか?」

「そうじゃない。ちょっと見かけたから、懐しくなっただけさ」妹尾は、皮肉めいた笑顔を見せていた。

「こっちは懐しくありませんね」

「そう言うな。手伝えよ。俺一人でと思ったが、この人出じゃ大変だ」

久井は、やっと妹尾の言いたいことが呑《の》み込めた。

「分りました。あの男が――篠崎がここへ来ると思ってるんですね?」

「俺はそう読んでる」

久井は苦笑した。

「無理ですよ。逃亡中なのに、こんな所へ呑気《のんき》にやって来るもんですか」

「分らんさ。――可能性はある」

「まだ捕まってないってのは驚きですね。よく逃げてるな。どうせアッという間に捕まると思ってた」

「そんなものさ。素人《しろうと》だから、却ってとんでもないことをして、警察がきりきり舞いするんだ」

と、妹尾は言った。

「なるほどね」

「ともかく、ここへ現われるかもしれない。——どうする？」

「どうする、って？」

「お前次第だ」

久井は、肩をすくめた。

「まだあの金に未練があるんですか」

「あるとも。永年、こんな楽じゃない仕事をして来て、そのあげくが、あの男が盗んだほどにもならないんだからな。——力を貸すか？」

「何をしろって言うんです？」

「あいつを捜すんだ。見かけたら俺に教えろ。俺は向う側を見てる」

「来ないと思いますがね」

と久井はくり返した……。

すでに、ロビーは、ますます人で埋りつつあった。

白いレオタードが、ピッチリと細い美帆の体に吸いついている。

「本当にこれでいいの？」

と治子は言った。

「いいのよ。ミスが出れば目立つけど、これが一番動きやすいし。ともかく、私の技術を見てもらわなくちゃ」

控室は、オーディションに出る子と、その母親たちで一杯だった。熱気が充満している。

「もういいわ、お母さん。客席へ行っててよ」

「追い出さなくたっていいでしょ。みなさん一緒にいるじゃないの」

「一人の方がいいの。ね、客席で見ていてちょうだい」

「はいはい」

治子は苦笑した。しっかりしていると喜ぶべきなのかどうか。

控室を出て、治子はロビーの方へ歩いて行った。

加藤静子は、後ろを向いて治子をやり過ごすと、控室へ行く通路を覗《のぞ》き込んだ。

今さらどうにもならない。――静子にも分っているのだ。しかし、それでもこうしてやって来ずにはいられない。

それはやはり、バレエを教えた者として、美帆の踊りを見ておきたかったからでもあった。

美帆を、まだ手許《てもと》に置くことは、たとえば、鷹《たか》を鳥カゴで飼おうとするようなものだ。

静子にもそれはよく分っていた。だが、諦めがつくこととは別だ……。

「すみません」

と、男の声がした。

「はあ？」

と静子は振り向いた。

「あの——オーディションに出る子たちは、どこにいるんでしょう？」

花束を持っているのが、何だかこっけいな感じのする、背広姿の中年男だ。

「この奥ですよ」

「そうですか。どうも」

——どこかで見たような顔だわ、と静子は思った。誰だったろう？

「あら、加藤さん」

知り合いのバレエ教師が声をかけて来た。

「どうも」

あまり会いたくない相手だった。渋々会釈する。

「美帆ちゃんが出るのね。楽しみだわ」

「ええ、まあね……」

「仕方ないわね、あれくらいになると、みんな大きな所へ移って行くわ。——美帆ちゃん、けがしたとか聞いたけど」

「大したことないようよ」

と、静子はぶっきら棒に言った。

「そう。あなたも楽しみね、あんな子を育てたというだけでも――」

「そうだわ！」

と突然静子は大声を出して、相手をびっくりさせた。

「どうしたの？」

「いえ、ちょっとごめんなさい。思い出したことがあって」

あの男だ！　美帆が一緒に逃げていた、篠崎という男だ！　静子は興奮に頰を紅潮させていた。

静子は、久井の姿を捜して、ロビーの中を歩き回った。

肝心なときにいないんだから！

「仲道美帆さん」

と、呼ばれて、

「はい」

と、メークをしかけていた美帆は手を上げた。

「お客様ですよ」

「すみません」

友だちが応援にでも来てくれたのかな。

美帆は、控室のドアを開けて通路に出た。

「誰もいないじゃないの……」

と呟《つぶや》く。

スッとわきから花束が出て来た。振り向いた美帆は、目を丸くした。

「あなた……」

「やあ。おめでとう」

篠崎が、微笑みながら立っていた。

「あ、あの——ちょっと、こっち——」

美帆はあわてて篠崎の手を引き、通路の奥から、楽屋口の方へと歩いて行った。

「時間、大丈夫なのかい？」

「まだあるわ、充分に」

楽屋口から外へ出る。

そこは建物に囲まれた中庭のようになっていて、人の姿はなかった。

「ああ、びっくりした！」

と美帆は言った。

「もう足の方は何ともない？」

「ええ。平気よ。——でも——どうして来たの？」

「君の踊りを見ない内は捕まりたくなかったんだ」

と篠崎は言った。

篠崎は、思いの他、元気そうに見えた。

身なりもきっちりしている。

「どうだい？」

篠崎は、美帆の気持を読んだように、「最初会ったときに比べると、ぐっとスマートだろ」

と気取って見せた。

「とっても良く似合う」

と美帆は笑って、言った。

「そうかい？　新調したんだ、全部ね」

と篠崎は得意そうに、「何しろ可愛い娘の晴れの舞台だからね」

美帆はちょっと頬を染めて、

「嬉《うれ》しいわ。でも、もし見付かったら……」

「大丈夫さ。ともかく君の出番が終るまでは椅子にしがみついてでも見て行くよ」

美帆が、胸の詰まるような思いで、言った。

「ありがとう」

美帆は、篠崎の手を握った。

「僕の方こそ、君には礼も言ってなかった」

「娘に礼を言うなんて、おかしい」

「そうか。でも、それなら親に礼を言うのもおかしいぞ」

二人は一緒に笑った。


「あんた！」

コーラを飲んでいた久井は、いきなりこづかれて、びっくりした。

「何だ、叔母《おば》さん。おどかさないで下さいよ。こぼれちゃう」

「いたのよ」

と、静子が声をひそめる。

「ゴキブリか何かですか」

「ふざけないで！　あの男よ。篠崎っていう男」

「本当に？」

久井がびっくりした。「どこにいるんです？」

「今、美帆と会ってるわ。チャンスよ。これを警察へ――」

「密告するんですか」

「いいから来なさい」

静子は、久井の手を引張った。

「あんたはあの男から目を離さないでね」

久井は、妹尾のいる辺りへと目をやった。

「──もう行かなくちゃ」

と美帆は中でブザーの鳴るのを耳にして、言った。

「いよいよだね」

「本当に見て行くの?」

「何のためにここへ来たと思ってるんだ?」

篠崎は別人のように、美帆の目には見えた。あの、寂しく、グチばかり言っていた男とは思えない。

「──嬉しいわ、本当に」

「中へ入ろうか」

美帆は首を振った。

「あなたはここにいた方がいいわ。人の目につかないし。──もう一度ブザーが鳴ったら始まるから」

「分った。そうしよう」

「始まってから入った方が、客席が暗くなってるからいいわ。それに、私が出るのは七番目だから大分後よ」

「分ったよ」

「それじゃ……」

美帆はもう一度、篠崎の手を握った。

「君の踊りを見たら、出て行くよ」

美帆は篠崎の目をじっと見つめた。

「これからどうするの？」

「分らないな」

「元気でね」

「ああ。——心配しないで」

篠崎は肯《うなず》いた。美帆が中へ入って行く。

篠崎は空を見上げた。

よく晴れた、遠い空だった。

美帆は、控室の前まで来て、足を止めた。

「──先生」

静子が、立っていたのだ。

「頑張ってね」

と静子は言った。

「ありがとうございます」

「充分、別れを惜しんだの?」

「え?」

「分ってるのよ、あの男が来てることは」

美帆は青ざめた。

「──もし、あなたが出場すれば、そのころはパトカーがこのホールの前に来ているかもしれないわね」

「先生──」

「でも、出ていなければ……。誰もあんな男には、気付かないでしょう」

美帆は目を伏せた。

「ゆっくり考えるのね」

静子は歩いて行った。

「本当か？」

　と、妹尾は、久井の腕をつかんだ。

「痛いじゃないですか！——本当ですよ。今、楽屋口の所にいるらしいです」

「案内しろよ」

「外から行けると思いますよ」

　と、久井は、一旦《いったん》ホールの出口へと歩き出した。

　ホールの建物のわきを回って、裏手へ出る。——楽屋口へ降りる階段の上まで来て、二人は足を止めた。

「なるほど」

　妹尾は肯いた。「いやにパリッとしてるじゃないか。見違えそうだ」

　二人は階段を降りて行った。

　篠崎が二人を見上げた。

「——篠崎だな」

　と、妹尾が言った。

「ええ」

　と素直に肯く。

「警察の者だ」

と手帳を覗《のぞ》かせる。

「ちょっと待って下さい。これに知っている子が出てるんで――」

「何なら、ずっと待ってやってもいいぞ」

「え？」

妹尾は、ゆっくりと篠崎の前を歩きながら、

「金はどこへやった？ いくら使った？」

「金ですか。――ホテルの部屋へ置いて来ました。使ったのは――三十万くらいかな。でも大部分はこの服代で。ずいぶん切りつめたんですよ」

「ほとんどそっくり残ってるのか」

「ええ」

と肯く。

「じゃ、いただこうか。それなら見逃してやってもいいぞ」

「どうぞどうぞ」

篠崎はポケットからキーを取り出した。「これが部屋の鍵《かぎ》です。持って行って下さい」

「おい……。かつぐ気か？」

妹尾の方が呆気《あっけ》に取られている。

「いいえ」

「じゃ金はいらねえってのか？」

「私が必死に逃げたのは、ただ、今日の、このオーディションを見たかったからなんです。これを見たら、もういつ捕まってもいいですよ」

篠崎は淡々と話していた。

「そうか。じゃ、遠慮なくもらっとくぜ」

「どうぞ」

キーを手にして、それをポケットへ入れると、妹尾は、少し退《さ》がって、拳銃《けんじゅう》を取り出した。

「どうするんです？」

「向うを向け」

「でも――」

「向け！」

「分りました」

不安げな顔で、背中を向けた篠崎に向って、妹尾は拳銃を握った手をのばして狙いを定めた。

「やめろ！」

久井が飛びかかった。久井は力をこめて、妹尾を殴りつけた。

妹尾はふっとんで、壁にぶつかると、仰向けに倒れ、動かなくなった。

「さあ、行って！」

と久井は拳銃を拾った。

「あの――」

「こいつは僕が見張ってる。さあ、中へ入って。美帆に声をかけてやるんだ。そうしないと、彼女は出場しない」

篠崎は、キョトンとしていたが、やがて楽屋口から中へ入って行った。

久井は銃口を、妹尾に向けたまま、ゆっくりと階段に腰をおろした。妹尾を殴った手が痛い。

妹尾が呻《うめ》いて、身動きした。――体を起こして、久井に気付くと、

「貴様……」

と、呟《つぶや》くように言って、口の端から流れる血を拳《こぶし》で拭《ぬぐ》った。

「本当に撃ちますよ。あの子の出番が終るまでは、じっとしてて下さい」

「どうしてだ？　金を手に入れて、あいつが逃げようとしたから撃ったと言えば、それで済むんだぞ」

久井は首を振った。

「僕にも分りませんね。ただ、あの美帆って子の笑顔が素敵でね」

「何だと？」

「あんたには分りませんよ」と、久井は言った。「でも、礼を言ってほしいな。あんたが、警官として自分の首を絞めるような真似をするのを、やめさせたんですからね」

「貴様は馬鹿だ！」

「そうかもしれませんね。──これが済んだら、そのキーは返しに行きましょう、ホテルまで」

久井は、奇妙な、心の軽さを感じていた。──篠崎が間に合えばいいが。

「まあ先生」

治子は、隣の席に座った静子を見て、びっくりした。場内がもう暗いので、気付かなかったのだ。

「どう、美帆ちゃんは？」

と静子はステージの方を見ながら言った。

「──ええ、元気です」

「うまくやってくれるといいわね」

「はあ……」

「色々とごめんなさい。——あなたには迷惑かけたわ」

「いいえ、とんでもありません」

治子は、何となく、不安だった。どこかおかしい。

——すでにオーディションが始まっている。

第一グループの五人が終ったところだった。

「続いて第二グループです」

と、アナウンスが場内に響いた。「六番、道田弓子さん。七番、仲道美帆さん。八番——

——」

ステージに、白いタイツの美帆が出て来た。

静子が、青ざめて立ち上った。

「先生、どうなさいまして？」

「失礼するわ」

治子は、呆気に取られて、静子の姿を見送っていた。

——六番の少女が終り、美帆の番が来る。

「七番、仲道美帆さん。曲は〈タイスの瞑想《めいそう》曲〉です」

ステージの中央にうずくまった美帆。

ヴァイオリンの旋律が、空間をゆっくりと流れて行く。

美帆の白い体が、真直ぐに、伸びる。

銀の帯のように。――そして、ステージを一杯に使って、美帆は踊った。


「出なきゃいけないよ」

出場を取りやめようとした美帆を、通路で捕まえて、篠崎は言ったのだった。

「でも、……あなた、捕まっちゃう」

美帆は首を振った。

「今、見られなかったら、僕は一生君が踊るのを見られないかもしれないんだ」

「でも私のせいで――」

「そうじゃない」

と、篠崎は遮った。「ねえ、憶《おぼ》えてるだろう。僕は、ともかく、自分が不幸で、哀れでみんなからひどい目に遭わされてばかりいると思ってた。しかし、君や、あの病院の看護婦さんや……。何人もの人が、自分が危険な目に遭うのも構わずに、僕を助けてくれた。

――僕は恵まれた男だよ」

美帆は、穏やかな、篠崎の目の光を見つめた。以前の篠崎にはなかった輝きだ。

「この上、君のオーディションが僕のせいでだめになったなんて……。僕は自分を許せなくなるよ。出てくれ。僕のためにもね」

美帆は、ゆっくり肯《うなず》いた。そして篠崎に、力一杯抱きついた……。

最後まで、気は抜けない。

美帆は、床に伏せながら、早く終れ、早く終れ、と思っていた。ヴァイオリンの歌が、少しずつ、少しずつ、消えて行く。

曲が、消えた。――終った！

客席から拍手が起った。確実に、他の子たちとは違う。力のこもった拍手だ。美帆は立ち上った。

一礼して、美帆は退がろうと歩きかけた。

拍手が静まった。――いや、一人だけ、拍手が続いていた。

美帆は、顔を上げた。

二階席に、篠崎が立っていた。力一杯、拍手をしている。

美帆は、ステージの中央に戻ると、息を弾ませながら、もう一度、礼をした。

起き上った美帆の目に、篠崎へと近づいて行く、数人の男たちが映った……。

「――帰らないの？」

と、治子は声をかけた。

声がホールに響く。

美帆は、もう誰もいなくなったステージの上に、一人で客席に向って立っていた。

「――ねえ、あの人は?」

「そうね。何年かたったら、帰って来るわ、きっと」

「私の舞台を見てくれるわね」

「もちろんよ」

治子は娘の肩を抱いた。

「これからが大変よ」

と治子は言った。

「分ってるわ。――よく分ってる」

美帆は、空の薄暗い客席を見回した。――いつの日か、そこを一杯の客が埋め、そして
カーテンコールの歓声と拍手が、自分を包むだろう。

そのどよめきが、遠い雷鳴のように、美帆の耳の中で鳴っていた。

エピローグ

「ちょっとお願い。これ、届けて来てちょうだい」

と、母親に言われて、

「はあい」

と、娘は渋々、花束と届け先の伝票を受け取って出て行った。

花屋は、今、客の姿もなく、静かだった。

「さあ、そろそろね」

十年以上前に夫を亡くして、それ以来この花屋を一人で切りもりしている未亡人は、そう呟《つぶや》くと、引出しから、伝票を出した。

間もなく、美帆の誕生日になる。――もう十七歳なのだ。

「ともかく伝票を書いて、と……」

宛名《あてな》を〈仲道美帆〉と記すと、「さあ、送り主ね」

と、電話帳をめくった。

「この辺でいいわ。——ともかく、何か書いてあればいいんですものね」

未亡人は、独り言を言いながら、伝票に、適当に選んだ名前と住所を記入した。

「さあ、今年はどの花にしようかしら……」

花を選びにかかる彼女の目には、少女のような輝きがある。——それは、美帆の瞳《ひとみ》にそっくりだった。

解説

健やかなあの頃へと連れ戻してくれる、かくも瑞々しい「時間列車」

藤原理加（フリーライター）

この本を手にしているあなたは、今、いったいどの辺りにいるのだろうか？

角川文庫の「赤川次郎ベストセレクション」シリーズ第十四巻、本作『愛情物語』の最後のページを読み終えたとき、ふと、そんな言葉が浮かんできた。なぜそんなことを考えたかといえば、一つには、今回、しばらくぶりに読み直したこの小説が、あまりにも「新しかった」からだ。

今からほぼ四半世紀前、一九八三年に初版された本作は、文字通り、日本屈指のベストセラー作家である赤川次郎さんの初期―中期における代表作の一つである（ちなみに本作は、一九八四年、原田知世さん主演で映画化され、そちらも大ヒットを記録している）。

けれども、プロローグを読み始めてすぐに、わたしのなかでは、「！」「!!」「!!!」が、どんどん積み重なっていったのである。

〈目をつぶっていると、その列車の車輪の音が、どこか遠くへ、自分を連れて行ってくれ

るような気がするからでした。〉

プロローグの半ば辺りにあるこの一文を目にしたときは、わたしは早くも文庫の後ろにある「初版発行」の年次を確かめていた。そして、そこにある〈昭和六十年〉という数字を再確認したとき、あらためて驚くとともに、ああ、やっぱり赤川さんってすごいなぁ……と、心の底から脱帽、嘆息したのである。

明るくて、楽しくて、読みやすい——。本作と同じく角川文庫から出ている「花嫁」シリーズなど、元気のいい女の子が活躍する人気ミステリーを発表しつづけてきた赤川さんは、一九七六年のデビュー直後から、「ライトミステリーの旗手」と称されてきた。けれども、今、この『愛情物語』を読み直すと、赤川さんの「ライト」には、「明るくて、楽しくて、読みやすい」というその裏に、まさに天才的な、尋常ならざるストーリーテリングの技と、人間社会への深い思いが、さりげなくしのばされていることに気づかされるのである。

たとえば、前述したプロローグでは、わずか八ページの短い文章のなかに、人の生と死の対比が、鮮やかに描かれている。小さな町の静かな夜に、一本の列車がもたらす、思いがけない生と死——。しかし、赤川さんは、それをことさら悲劇的には描かない。

〈こんな、とんでもない夜が、生涯に二度とあるとは思われません。〉

そんなふうに、ひそかにユーモアさえ漂わせながら、どこか宮澤賢治の『銀河鉄道の夜』にも通じるような世界観を、さらりと一言で表現してのける。それは、間違いなく赤川さんならではの卓越した技にほかならないのである。

そんな技は、本編に入ってからも、ますます冴《さ》えわたる。

たとえば、すべての文章が「伏線」として機能しているかのような、場面展開の巧みさ。たとえば、一見、ライトにさらりと書きながらもそこここにピリッとしたスパイス、ウイットを効かせた、会話の妙。

一人で旅に出た美帆が、母親・治子からの初めての電話を、ホテルのバスルームで受けるというなにげないシーンでも、

「もしもし、美帆ちゃん？」

「美帆ちゃんじゃありませんよ」

こんなさりげない受け答え一つで、美帆という少女の利発さや、母親との絆《きずな》の深さまで、表現してしまう。そんなふうに思わずシビれてしまうような会話のキレ味は、いちいちあげていけばキリがないぐらい、軽快なテンポでつづくのである。

しかしながら、この『愛情物語』の新しさは、それだけではない。

本編を読み終えた方はすでにご承知の通り、本作の内容を一言でいえば、赤ちゃんのときに捨てられ、育ての母親・治子と二人きりで暮らしてきた十六歳の少女・仲道美帆の父親探しの物語である。けれど、そこが赤川さんならではの「ひねり」が利いていて、美帆

が「足ながおじさん＝本当の父親」だと勘違いする男・篠崎は、じつはまったくの赤の他人だ。しかも、ここ二十年来、毎日ひたすら会社と家の往復だけで、愚痴や冗談を言い合う相手も一人もいない、スマートな足ながおじさんのイメージとは程遠い、誰からも見向きもされないような孤独な中年なのである。

しかし、美帆は、そんな篠崎に、疑いのないまっすぐな笑顔を向ける。コーヒーを入れ、トーストと目玉焼きの朝食をつくり、さらには、自業自得とはいえ窮地に陥った篠崎を助けるために、自らの大切なオーディションを棒に振るほどの危険まで冒し、体を張って奮闘するのである。そして、そんな美帆と接するうちに、篠崎は、遠い昔に失った大切なものを取り戻していく。

〈冗談を言い合って、一緒に笑える誰かがいるというのは、何てすばらしいことなんだろう……。〉

つまり、この物語は、しっかり者で元気な美少女の、瑞々しい青春の物語というだけでなく、「人間の孤独とは何か？」「血のつながりを超えた人間同士の絆とは何か？」というような深いテーマを、大きく孕《はら》んだものなのである。

それにしても、篠崎の孤独な心理描写の、なんとさりげなくも、切実で、リアルなことだろう。

〈金のない、ヒマな時間なんて、惨めなだけだ。――一人、アパートのあの狭苦しい部屋

で、寝転がっている。あんなことは、もうないだろう。二度と！　二度とあってたまるもんか！〉

〈俺はいつも、「無」だった。いてもいなくても、誰も気にもとめなかった。空気みたいなものだった。〉

「現代の孤独」を端的に言い表した、ハッとさせられる文章の連続。しかも、よくよく見ると、篠崎のみならず、この物語に登場する人間のほとんどは、それぞれの孤独を抱えているのである。

たとえば、叔母に頼まれ、旅に出た美帆を尾行する、ならず者の久井竜也も。久井を憎み、しつようにつけ狙う刑事の妹尾も。美帆が担ぎ込まれた病院の医師の有沢も。さらには、仕事を終え、部屋に戻っても、〈六畳一間の部屋に布団を敷き、小さなTVを点ける。少ししけったあられをつまみながら、ぼんやりとTVを眺めた。〉という毎日を送るしかない看護師の尚子も――。

今、そんな彼らの孤独な独白に共感する人間がどれほど多いことだろう？　これが二十五年以上も前に、すでに書かれていたなんて！　あらためてこの物語の普遍的な新しさに、驚かされるのである。これこそ二十一世紀の初頭を生きるわたしたちの孤独を、鋭くリアルにすくいとるものなのではないだろうか、と。

けれども、この物語が、とりわけ新しく感じるのは、何より十六歳の少女・美帆の「健やかさ」なのではないかと、わたしは思うのである。

その生い立ちゆえに、少々おませで大人びてはいるけれど、まっすぐに好きなバレエに、人に、生きることに向かっていく美帆。たとえば、父親の住所を探し出すために訪ねた花屋さんで、留守番の少女に嘘をついてまんまと住所を聞き出したものの、やっぱり思い返して、嘘をついたことを謝りに戻るくだりも、ハッと目をひらかされる大好きなシーンの一つだ。以前、作家のMさんが、「今は、心に闇を抱えた子供を書くよりも、素直で健やかな子供を書くほうがよほど難しい」と言っていたけれど、たしかにそうなのかもしれないなあと、あらためて思う。そして、そんな美帆のまっすぐさ、健やかさは、とりわけ、十六歳をはるかに過ぎた大人の目には、かけがえがなく、新鮮で美しいものに映るのである。孤独に心を閉ざしていた篠崎が、美帆の笑顔を見ているうちに、

〈美帆は笑った。――ふと、篠崎は、美帆のその明るい笑いに心を打たれた。それは、美しい絵とか、音楽に心をひかれるのと、よく似た、一種の感動みたいなものであった。〉

と感じ、ずっと忘れていた「青空を見上げる心」を取り戻していったように。

しかし、その一方で、今の時代にあっても、美帆は決して特別な少女ではないのだとも、わたしは思うのである。

美帆と同世代のあなたはもちろん、もう少し上の久井竜也や看護師の尚子と同世代のあなたも。あるいは、いつのまにか美帆の母・治子や篠崎と同世代となったあなたも。ある

いはもう少し上の妹尾や有沢と同世代になったあなたも――。美帆のようなまっすぐさや健やかさが、きっと心のどこかにちゃんと輝いている。だからこそ、この本を手にしているあなたは、まるで「時間列車」に乗ったかのように、それぞれの人物の孤独に共鳴し、さらには、いつの間にか美帆のようなまっすぐで健やかな自分へと、立ち戻っていけるのだと思うのである。たとえ、この本を手にしているあなたが、今、人生のどの辺りにいたとしても――。

それにしても、プロローグの冒頭からさまざまな人間の生と死、絶望や希望、喜びや悲しみをつないで走る、この「時間列車」のなんと面白く、美しいことだろう。

華麗なパ・ポワソンから始まって、夜の体育館で踊る『ジゼル』、さらには、真っ白なレオタードを着て踊る『タイスの瞑想曲』――。昔からバレエやクラシック音楽への造詣《ぞうけい》が深い赤川さんならではの、いきいきと躍動感にあふれたバレエの描写は、美帆と、この物語の魅力を、さらに普遍的で奥行き深いものにしてくれている。

さらには、赤川作品ならではの、いい意味でのかわいたユーモアも。

〈俺のためにこの子は、そのオーデコロンを――いや、オーディションを、諦めることになるかもしれない……。〉

手に汗握る展開《てんかい》の最中に、さらりと挿入されたこの一行。人間のドロドロとした欲望や業、人生の深淵《しんえん》をのぞき込みながらも、そこにとぼけたユーモアを忘れない赤川さんの茶目っ気に、文句なく拍手喝采《かっさい》！

『探偵物語』『愛情物語』『早春物語』などの角川映画とともに、文字通り、一九八〇年代を席巻した赤川作品。当時を知る昔からのファンにとっては、一九八〇年代というのはとても特別に思える時代だけれど、そんな時代が、この作品を生んだすべてではないと、今、わたしは考えている。なぜなら、この『愛情物語』を読むと、時代が傑物を生み出すのではなく、傑物が時代をつくるのだということにも、あらためて気づかされるから――。ゆえに、赤川次郎という稀有《けう》な天才が生み出した本作『愛情物語』は、時代を経てもなお新しく、かくも味わい深い傑作でありつづけるのである。

本作品は、「野性時代」一九八三年七月号より十二月号まで、『カーテン・コール』と題して連載し、同年十一月、カドカワ・ノベルズで『愛情物語』と改題して刊行したものを文庫化しました。

愛《あい》情《じよう》物《もの》語《がたり》

赤《あか》川《がわ》次《じ》郎《ろう》

昭和60年 3月25日 初版発行
平成22年 10月25日 改版初版発行
令和7年 2月5日 改版6版発行

発行者●山下直久

発行●株式会社KADOKAWA
〒102-8177 東京都千代田区富士見2-13-3
電話 0570-002-301(ナビダイヤル)

角川文庫 16492

印刷所●株式会社KADOKAWA
製本所●株式会社KADOKAWA

表紙画●和田三造

●お問い合わせ
https://www.kadokawa.co.jp/（「お問い合わせ」へお進みください）
※内容によっては、お答えできない場合があります。
※サポートは日本国内のみとさせていただきます。
※Japanese text only

ISBN978-4-04-387019-6 C0193

角川文庫発刊に際して

角川源義

第二次世界大戦の敗北は、軍事力の敗北であった以上に、私たちの若い文化力の敗退であった。私たちの文化が戦争に対して如何に無力であり、単なるあだ花に過ぎなかったかを、私たちは身を以て体験し痛感した。西洋近代文化の摂取にとって、明治以後八十年の歳月は決して短かすぎたとは言えない。にもかかわらず、近代文化の伝統を確立し、自由な批判と柔軟な良識に富む文化層として自らを形成することに私たちは失敗して来た。そしてこれは、各層への文化の普及滲透を任務とする出版人の責任でもあった。

一九四五年以来、私たちは再び振出しに戻り、第一歩から踏み出すことを余儀なくされた。これは大きな不幸ではあるが、反面、これまでの混沌・未熟・歪曲の中にあった我が国の文化に秩序と確たる基礎を齎らすためには絶好の機会でもある。角川書店は、このような祖国の文化的危機にあたり、微力をも顧みず再建の礎石たるべき抱負と決意とをもって出発したが、ここに創立以来の念願を果すべく角川文庫を発刊する。これまで刊行されたあらゆる全集叢書文庫類の長所と短所とを検討し、古今東西の不朽の典籍を、良心的編集のもとに、廉価に、そして書架にふさわしい美本として、多くのひとびとに提供しようとする。しかし私たちは徒らに百科全書的な知識のジレッタントを作ることを目的とせず、あくまで祖国の文化に秩序と再建への道を示し、この文庫を角川書店の栄ある事業として、今後永久に継続発展せしめ、学芸と教養との殿堂として大成せんことを期したい。多くの読書子の愛情ある忠言と支持とによって、この希望と抱負とを完遂せしめられんことを願う。

一九四九年五月三日

角川文庫ベストセラー

赤川次郎ベストセレクション⑥
探偵物語
赤川次郎

辻山、四十三歳。探偵事務所勤務。だが……クビが危うくなってきた彼に入った仕事は。物語はたった六日間。中年探偵とフレッシュな女子大生のコンビで贈る、ユーモアミステリ。

赤川次郎ベストセレクション⑦
殺人よ、こんにちは
赤川次郎

今日、パパが死んだ。昨日かも知れないけど、どっちでもいい。でも私は知っている。ママがパパを殺したことを。みにくい大人の世界を垣間見た十三歳の少女、有紀子に残酷な殺意の影が。

赤川次郎ベストセレクション⑧
殺人よ、さようなら
赤川次郎

『殺人よ、こんにちは』から三年。十六歳の夏、過去の秘密を胸に抱き、ユキがあの海辺の別荘にやってきた。そして新たな殺人事件が！　大人への階段を登り始めたユキの切なく輝く夏の嵐。

赤川次郎ベストセレクション⑨
哀愁時代
赤川次郎

楽しい大学生活を過ごしていた純江。だが父親の浮気で家庭はメチャクチャ、おまけに親友の恋人を愛するようになって……若い女の子にふと訪れた、悲しい恋の顚末を描くラブ・サスペンス。

懐しの名画ミステリー①
血とバラ
赤川次郎

ヨーロッパから帰国した恋人の様子がおかしいことに気がついた中神は、何があったのか調べてみると……（「血とバラ」）。ほか「忘れじの面影」「自由を我等に」「花嫁の父」「冬のライオン」の全5編収録。

角川文庫ベストセラー

赤川次郎ベストセレクション⑪
いつか誰かが殺される
赤川次郎

大財閥永山家当主・志津の70回目の誕生日。今年もまた毎年恒例の「あること」をやるために、家族たちが屋敷に集った。それは一言で言うと「殺人ゲーム」である……欲望と憎悪が渦巻く宴の幕が開いた！

赤川次郎ベストセレクション⑫
死者の学園祭
赤川次郎

M学園の女子高生3人が、立ち入り禁止の教室を探検した後、次々と死んでいった。真相を突き止めようと探る真知子に忍び寄る恐怖の影！　17歳の名探偵が活躍するサスペンス・ミステリ。

赤川次郎ベストセレクション⑬
長い夜
赤川次郎

事業に失敗、一家心中を決意した白浜省一に、ある男から「死んだ娘と孫の家に住み死の真相を探ってくれれば、借金を肩代わりする」という依頼が。喜んで引き受けた省一。恐ろしい事件の幕開けとも知らず――。

赤川次郎ベストセレクション⑮
魔女たちのたそがれ
赤川次郎

「助けて……殺される」。かつての同級生とおぼしき女性から、助けを求める電話を受けた津田は、同級生の住む町に向かう。恐るべき殺戮の渦に巻き込まれるとも知らず――。巧みな展開のホラー・サスペンス。

赤川次郎ベストセレクション⑯
魔女たちの長い眠り
赤川次郎

夜の帳が降り、静かで平和に見える町が闇に覆われる頃、次々と起こる動機不明の連続殺人事件。誰が敵か味方かも分からない、恐怖と狂気に追い込まれる人々。そして闇と血が支配する〈谷〉の秘密が明らかに！

角川文庫ベストセラー

赤川次郎ベストセレクション⑰
早春物語
赤川次郎

父母とOL1年生の姉との4人家族で、ごくありふれた生活を過ごす17歳の女子高生、瞳の運命を、1本の電話が大きく変えることになるとは……大人の世界に足を踏み入れた少女の悲劇とは――？

赤川次郎ベストセレクション⑱⑲
おやすみ、テディ・ベア（上）（下）
赤川次郎

「探してくれ、熊のぬいぐるみを。爆弾が入っているんだ！」アパートで爆死した友人の〝遺言〟を受けて、消えたテディ・ベアの行方を追う女子大生、由子。予測不可能！ ジェットコースター・サスペンス！

三毛猫ホームズの仮面劇場
赤川次郎

謎の人物に集められた3人の男女。他人同士の彼らへの依頼は、「仮面の家族」となり、湖畔のロッジ〈霧〉で1カ月を過ごすこと！ 仮面の下の真相をホームズたちが追う、シリーズ第38弾！

三毛猫ホームズの戦争と平和
赤川次郎

親戚の法事の帰り、道に迷ったホームズ一行は、車の大爆発に遭い、それぞれ敵対する別々の家に助け出される。しかも、ホームズは行方不明になってしまい……争いを終わらせることができるのか!? 第39弾。

三毛猫ホームズの卒業論文
赤川次郎

共同で卒業論文に取り組んでいた淳子と悠一。しかし論文が完成した夜、悠一は何者かに刺されてしまう。二人の書いた論文の題材が原因なのか。事件を追う片山兄妹にも危険が迫り……人気シリーズ第40弾！

角川文庫ベストセラー

花嫁シリーズ㉔
許されざる花嫁
赤川次郎

女子大生の亜由美はホテルで中年男性に、花嫁を殺してしまうから自分を見張ってほしいと頼まれる。花嫁は、子供を連れて浮気相手のもとに去った彼の元妻だった……表題作ほか「花嫁リポーター街を行く」収録。

花嫁シリーズ㉕
売り出された花嫁
赤川次郎

愛人契約の現場を目撃した水畑。女に話を持ちかけていたのはかつての家庭教師だった——。一方、愛人契約を結んだ双葉あゆみは奇妙な愛人生活に困惑。女子大生の亜由美は友人たちを救うため、大奮闘！

花嫁シリーズ㉖
崖っぷちの花嫁
赤川次郎

親友と遊園地を訪れた亜由美は、ジェットコースターのレールの上を歩く女性を助けた結果、ケガで入院することに。後日、女性が勤める宝石店から豪華なお礼が届くが、この店には何か事情があるようで……。

花嫁シリーズ㉗
花嫁は墓地に住む
赤川次郎

女子大生・塚川亜由美と親友の聡子は、温泉宿で聡子の親戚である朱美と遭遇した。彼女は、不倫相手の河本と旅館で落ち合う予定だった。しかし、そこへ朱美の母や河本の妻までやって来て一波瀾！

花嫁シリーズ㉘
四次元の花嫁
赤川次郎

塚川亜由美が親友とブライダルフェアへ行ったところ、そこには新郎だけが結婚式の打合せに来ていた。何か訳アリのようで……!? 一方で、モデル事務所の社長が電話で話している相手が亡くなった妻のようで……？

角川文庫ベストセラー

天使と悪魔⑤
天使のごとく軽やかに　赤川次郎

落ちこぼれ天使のマリと、地獄から叩き出された悪魔のポチ。二人の目の前で、若いカップルが心中した！　直前にひょんなことから遺書を預かったマリ。父親に届けようとしたが、TVリポーターに騙し取られ。

天使と悪魔⑥
天使に涙とほほえみを　赤川次郎

天国から地上へ「研修」に来ている落ちこぼれ天使のマリと、地獄から追い出された悪魔・黒犬のポチ。奇妙なコンビが遭遇したのは、「動物たちが自殺する」という不思議な事件だった。

天使と悪魔⑦
悪魔のささやき、天使の寝言　赤川次郎

人間の世界で研修中の天使・マリと、地獄から成績不良で追い出された悪魔・ポチが流れ着いた町では、奇怪な事件が続発していた。マリはその背後にある邪悪な影に気がつくのだが……。

天使と悪魔⑧
天使にかける橋　赤川次郎

研修中の天使マリと、地獄から叩き出された悪魔ポチ。今度のアルバイトは、須崎照代と名乗る女性の娘として、彼女の父親の結婚パーティに出席すること。実入りのいい仕事と二つ返事で引き受けたが……。

天使と悪魔⑨
ヴィーナスは天使にあらず　赤川次郎

美術館を訪れたマリとポチ。そこで出会った1人の画家に、マリはヴィーナスを題材にした絵のモデルを頼まれる。引き受けるマリだが、彼には何か複雑な事情があるようで……？　国民的人気シリーズ第9弾！

角川文庫ベストセラー

黒い森の記憶　赤川次郎

森の奥に1人で暮らす老人のもとへ、連続少女暴行殺人事件の容疑者として追われている男が転がり込んでくる。人嫌いのはずの老人はなぜか彼を匿うことにして……。

スパイ失業　赤川次郎

アラフォー主婦のユリは東ヨーロッパの小国のスパイをしていたが、財政破綻で祖国が消滅してしまった。入院中の夫と中1の娘のために表の仕事だった通訳に専念しようと決めるが、身の危険が迫っていて……。

ひとり暮し　赤川次郎

大学入学と同時にひとり暮しを始めた依子。しかし、彼女を待ち受けていたのは、複雑な事情を抱えた隣人たちだった⁉　予想もつかない事件に次々と巻き込まれていく、ユーモア青春ミステリ。

目ざめれば、真夜中　赤川次郎

ひとり残業していた真美のもとに、刑事が訪ねてきた。ビルに立てこもった殺人犯が、真美でなければ応じないと言っている——。様々な人間関係の綾が織りなすサスペンス・ミステリ。

台風の目の少女たち　赤川次郎

女子高生の安奈が、台風の接近で避難した先で巻き込まれたのは……駆け落ちを計画している母や、美女と帰郷して来る遠距離恋愛中の彼、さらには殺人事件まで！　少女たちの一夜を描く、サスペンスミステリ。